하빠의 육아일기

3

하빠의 육아일기 3

초판 1쇄 인쇄일 2016년 7월 06일
초판 1쇄 발행일 2016년 7월 13일

지은이 신상채
펴낸이 양옥매
디자인 황순하
교정 조준경

펴낸곳 도서출판 책과나무
출판등록 제2012-000376
주소 서울특별시 마포구 방울내로 79 이노빌딩 302호
대표전화 02.372.1537 팩스 02.372.1538
이메일 booknamu2007@naver.com
홈페이지 www.booknamu.com
ISBN 979-11-5776-221-7(03800)

이 도서의 국립중앙도서관 출판시도서목록(CIP)은 서지정보유통지원 시스템
홈페이지(http://seoji.nl.go.kr)와 국가자료공동목록시스템
(http://www.nl.go.kr/kolisnet)에서 이용하실 수 있습니다.
(CIP제어번호 : CIP2016016012)

세 번째 이야기

하빠의 육아일기

신상채 산문집

책과나무

세 번째
책머리에

아이들의 말투를 가만히 들여다보면 참 재미있는 걸 발견하게 됩니다. 진지한 이야기를 할 때는 어김없이 존댓말을 쓰지만 어리광을 피울 때는 대개 말끝이 꼬부라지지요. 여섯 살 큰 손녀가 할아비 품으로 달려들며 속삭입니다.

"하빠, 하빠가 150살이면 저는 몇 살이지요?"

이런 뜬금없는 소리를 들으면 다음에는 또 얼마나 놀라운 말이 튀어나올지 몰라 할아비는 잠시 긴장할 수밖에 없답니다.

"으음, 아흔 두 살이네. 92 말이야. 그때쯤이면 우리 휘수도 호호할머니가 되겠는데?"

"텔레비전을 보니까 어떤 거북이는 150살이 넘었대요? 할아버지도 그렇게 살아야 해요!"

여섯 살 손녀는 100이 넘는 걸 헤아릴 때면 자주 헛갈리거든요. 그런데 그렇게 큰 숫자를 들먹이는 걸 보니 아이로서는 지금 최대의 덕담을 하고 싶은 게 분명합니다. 오래 사는 거북이를 보자 할아버지의 장수를 기원해야겠다고 생각하는 참 갸륵한 놈이지요. 세상에서 제일 가까운 친구인 할아버지가 오래 오래 살기를 간절히 바라는 아이의 고운 마음이 눈물 나게 고맙지 뭡니까? 마치 자기최면을 거는 것처럼 더 없이 진지한 얼굴로 하는 말이어서 듣는 할아비도 덩달아 숙연해지고 말았습니다. 금방 코끝이 시큰해지고 가슴이 먹먹해 옵니다. 벌써 녀석의 효도를 받는 것 같아 미안하고 또 가슴 벅차서 말문이 막힐 수밖에요. 이 어린 것이 어떻게 이런 기특한 생각까지 할까요?

할아비와 같이 지내는 지금, 아이는 행복감을 느끼고 있는 것일까요? 이 행복을 오래도록 지키고 싶어서 한 말일까요? 세상에, 저에게도 이렇게 애틋한 인연이 다가올 줄은 몰랐습니다. 손자들이란 황혼녘에 찾아든 황홀한 축복입니다.

갑오년 섣달그믐

그림 속 진경산수처럼 설경(雪景)이 멋진 날

황방산골 휘수네 하빠의 글입니다.

CONTENTS

2014년

2월

손녀들의 세배를 받으며

인형들의 임무교대

야단쳐도 우리 할매가 좋아

멍멍이가 사라졌어요

안 가, 안 가!

한 밤 자고?

그러면 치마를 입어야겠네!

국민 여러분 앞에서 한 약속

정말 시계가 빨리 돈다!

손녀와 함께 하는 나들이

어떤 고모가 사 줬어요

손녀들의 세배를 받으며

어제가 설날이었다. 앙증맞게 한복을 곱게 차려입은 두 손녀들의 세배를 받는 감회가 야릇하다. 하루하루 가슴 조이며 지켜본 아이들이 꽤 많이 자랐다. 큰놈은 여섯 살이 되었고, 작은놈은 세 살이다. 설빔이나 세뱃돈에 가슴 설레던 시절이 엊그제 일처럼 생생한데 지금은 내가 할아버지라니 아직도 선뜻 실감이 잘 안 된다. 나의 세배를 받으시던 우리 할아버지는 감히 바라보기에도 두렵게 위엄이 느껴지던 분이었는데, 지금 손녀들의 눈에는 과연 할아비가 어떻게 보일까?

아주 드물긴 했지만 근엄하신 할아버지가 어쩌다 한 번 장난을 걸어오실 때도 나는 조심스러워서 눈치를 살피곤 했는데, 지금 내 손자들은 거꾸로 먼저 할아비에게 장난을 치기 일쑤다. 시절이 다르니 할아버지를 대하는 요즘 손자들의 마음에서 내가 가졌던 어려움 같은 건 멀리, 아주 멀리 사라졌는가?

설을 맞아 외가에 갔던 아이들은 저녁 무렵 집으로 돌아왔다. 물정 모르는 작은놈이 또 사부인에게 무례를 저지르고 말았단다. 어쩌다 한 번씩 만나는 사이라서 그런지 제 외할머니에게 별로 정을 느끼지 못하는가 보다.

"할머니가 아니야!"

하며 가까이 다가가기를 꺼려했다고 한다. 마치 친조부모가 외조부모를 차별적으로 대하라고 가르친 것으로 오해받을 만한 짓이 아닌가? 큰놈이 요놈만 할 때도, "외할머니는 진짜 할머니가 아니야!"라고 했던 것처럼. 그리고는 외가에서 하룻밤도 머무르지 않고 기어이 당일로 귀가하고 말았다.

오늘도 큰놈은 제 부모를 따라가지 않고 우리 집에서 잤다. 아침 일찍 잠에서 깬 아이는 같이 놀아달라고 할아비를 잡아끈다. 이른 아침부터 아이에게 즐거운 시달림을 당하기 시작한다.

"하빠, 나 심심해."

심심해서 도저히 못 견디겠으니 저를 심심치 않게 해 달라고 조른다. 그림을 그리자고 하다가 종이접기를 하자고 하기도 하고 배가 고프니 먹을 것을 찾기도 했다. 한참을 아이와 씨름하다 겨우 날이 밝았다.

"휘수야, 너 오늘 뭐 할 거야?"

"대명 콘도 가서 멍멍이랑 기린이랑 탈 거예요."

아이는 이 날을 손꼽아 기다렸을 것이다. 콘도에 가면 아이의 기분을 가장 확실하게 풀어줄 동물들이 있기 때문이다. 500원짜리 동전을 넣고 타는 동물 모양의 탈것이다. 물론 그것들이 살아 있는 동물일 리 없지만 가슴이 따뜻한 아이의 물활론적 사고(物活論的 思考)는 세상 만물이 모두 살아 있는 이웃들이다.

그래서 너무 오래 타면 동물들이 힘들어 하니까 적당히 타야 한다고 생각하기도 한다. 어두운 세태를 밝히는 한 줄기 빛처럼, 아이는 이렇게 순수하고 따뜻한 마음을 오롯이 간직한 이 시대의 참 인도주의자(real humanist)다.

오늘도 아이들의 기분이 확 풀리기를 바라며 할아비는 이런 날을 위해 모아둔 500원짜리 동전을 한 움큼 쥐어 주었다. 그리곤 설 연휴를 맞아 바닷가 콘도로 떠나는 아이들을 향해 손을 흔들어 주었다.

"아가들아, 잘 놀다 와?"

"잘 다녀오겠습니다."

언니도 동생도 밝고 씩씩하게 화답을 한다. 우리 손자들, 올해도 부디 건강하고 예쁘게 자라기를 기원한다.

2014. 2. 1

인형들의 임무 교대

잠에서 깬 여섯 살 손녀는 늘 하던 대로 안아 달라고 어리광을 피우며 할아비 품으로 달려든다. 아이가 무슨 말을 지껄여도 어떤 몸짓을 해도 할아비 눈에는 그저 귀엽고 사랑스럽게만 보인다. 그런데 아이의 엉덩이를 토닥이다 보니 기저귀가 제법 묵직한 게 아닌가. 길고 긴 겨울밤이면 화장실 가기를 머뭇거리다 곧잘 바지에 오줌을 지렸던 어린 시절이 떠올라 가만히 웃음을 머금어 본다.

다행히 기저귀를 채워 줘서 요를 적시지는 않았다. 아이가 자다가 옷에 쉬를 하는 날이면 늙은 부부는 약속이나 한 듯이 아이에게 더 조심스러워진다. 야단이라도 치면 아이가 무안해 할까 봐 의식적으로 더 신경을 쓴다. 이런 날이면 아이는 그 무안함을 감추려고 그러는지 한결 더 고분고분해진다. 평소와 달리 밥투정도 안 부리고, 유치원 갈 준비도 알아서 척척 잘한다. 그리고 어른들이 오줌 싼 이야

× 2014. 2 ×

기를 더는 거론하지 않기만을 바라는 듯 눈치를 많이 살핀다.

손녀가 세상의 빛을 처음 본 5년 전 그날부터 줄곧 나는 아이와 눈을 맞추며 살아왔다. 아이에게 할아비는 가장 친한 친구이자 보모이고 의사나 다름없다. 온 마음을 다해 아이와 소통하려는 진심이 있기에 어떤 대화도 가능하다. 이제는 아이 말끝에 묻어나는 작은 바람에도 아이의 심기를 감지할 수 있다. 어리광을 피울 때는 말꼬리가 반 토막으로 잘리지만 제 딴에 제법 진지한 화두를 꺼낼 때면 꼬박꼬박 존댓말로 바뀐다. 오늘은 또 무슨 아쉬운 소리라도 하려나? 아이가 몸을 비비 꼬며 다가오더니 할아비 귀에 대고 가만히 속삭인다.

"할아버지, 저요… 할 말이 있는데요…"

"그래, 우리 '휘수' 가 무슨 말을 하고 싶을까?"

"멍멍이 인형은 '유수' 가 갖고 싶어 하니까 동생한테 주려고요."

"그래, 언니가 참 착하구나. 그런데 네 인형이 없어지면 심심해서 어떻게 하려고 그래?"

"으음, 할아버지가 다른 인형을 하나 사 주시면 되잖아요?"

"알았다. 마침 할아버지가 봐둔 게 있으니까 사 주고말고."

오줌 싼 창피함도 단번에 날려버리고, 헌 인형으로 동생에게 인심도 쓰고, 새 인형이 생기는 실속도 차리는 녀석의 반전 노림수가 참으로 절묘하다.

며칠 전 우체국 다녀오는 길에 동네 이불 가게 앞을 지나는데 가게에 진열된 귀여운 토끼 인형이 눈에 확 들어왔다. 틀림없이 손녀 맘에도 쏙 들만큼 앙증맞게 생겼다. 더 알아보고 싶었지만 늙은이가 딴 데도 아닌 이불 가게에 드나드는 게 왠지 쑥스러울 것 같아 한참을 망설이다 돌아서고 말았다.

며칠 동안 포근하다 찾아온 추위라서 그런지 오늘은 몹시 매운 날씨지만 할아비 마음은 온통 손녀 생각뿐이었다. 찬바람을 무릅쓰고 예의 그 이불 가게를 찾아갔다. 용기를 내서 가게 안에 들어섰는데 주인아주머니가 의아한 눈으로 쳐다보더니 한참 뒤에야 마지못해 응대를 한다. 나이나 차림새로 보아 물건을 사러 온 손님은 아닌 걸로 지레짐작했던 것일까?

"제 손자가 이 인형을 욕심내서요. 아이들이 갖고 놀아도 괜찮도록 천연 재료로 만들었나요?"

"예, 물론이지요. 그런데 아이가 손자인가요, 손녀인가요?" "손녀랍니다. 아주 귀여운 놈이지요."

"그러면 이 노란 것이 좋겠네요. 이걸로 가져가세요."

"얼마지요?"

"만오천 원이에요."

어색함을 덮으려고 값을 깎을 엄두도 못낸 채 흥정은 아주 짧게 마무리 지었다.

4년 전 이맘때, 손녀가 첫돌이 지나고 얼마 안 돼 서울 나들이를 한 적이 있었다. 그날 고속도로 휴게소에서 잠깐 쉴 때였다. 아이가 할아비 손을 잡아끌더니 아장아장 서툰 걸음걸이로 어디론가 달려갔다. 인형을 파는 가게였다. 겨우 첫돌을 맞은 아이가 단 한 번도 와 본 적 없던 가게를 단박에 찾아냈고 또 그곳에 인형이 있다는 건 어떻게 알았을까? 곰곰이 생각해 보았지만 여전히 풀지 못한 수수께끼로 남아 있다.

그로부터 4년이 흐른 오늘, 그날 이후로 줄곧 아이가 잠자리 동무로 끼고 지내던 멍밍이 인형은 사라지고 오늘밤부터는 예쁜 토끼 인형이 그 자리를 대신하겠구나.

2014. 2. 3

야단쳐도 우리 할매가 좋아

아이가 텔레비전에 한번 빠지면 몇 시간이고 계속 보려고 해서 그걸 말리는 게 얼마나 힘이 드는지 모른다. 무슨 바람이 불었는지 이틀 전 휘수의 깜짝 선언에 다들 어리둥절했다.

"할아버지, 저 이제 텔레비전 안 볼 거예요."

"그래, 그렇게 할 수 있겠어?"

"예, 이제부터는 책 보고 그림만 그릴 거예요."

"그래, 텔레비전도 좀 쉬어야 하니까 잘 생각했다. 여섯 살이 돼서 우리 휘수가 더 착해졌구나!"

휘수는 약속대로 이틀이 지나도록 텔레비전을 단 한 번도 보지 않았다. 앞으로 얼마나 더 버틸지 두고 봐야겠지만 여섯 살 아이로서는 대단한 결심이고 실천력이다. 아이가 오래도록 텔레비전 시청하는 것을 어른들이 싫어한다는 걸 아이도 잘 안다. 아마도 아이는 걱정하는 어른들을 기쁘게 해주고 싶었는지도 모르겠다.

오늘도 늘 하던 대로 저녁 식사를 마치자 할미 곁에 찰싹 달라붙어 뭐라고 끊임없이 재잘댄다. 요즘 몸 상태가 안 좋아서 신경이 예민해진 내자는 작은 일에도 곧잘 얼굴을 붉힌다. 아이의 말대꾸에 싫증이 난 할미의 짜증 섞인 큰소리가 안방까지 들려온다. 물론 화풀이 대상은 손녀밖에 없다. 벌써 몇 번씩이나 야단을 맞았는데도 할미 곁에 꿋꿋이 버티고 있는 게 이상할 정도다. 아이가 계속 떠들어대면 할미가 좋아하는 드라마 시청에 큰 지장을 받는다. 참다못한 할미의 언성이 높아지고 말았다.

"너, 저리 안 갈래?"

"하빠, 나 화났어!"

눈물이 글썽글썽해진 아이가 안방으로 달려와 할아비에게 안긴다.

"너, 할머니한테 야단맞았구나! 왜 그랬어?"

"할머니가 안 놀아줘. 하빠가 할머니 혼내 줘!"

"나도 할머니가 무서운데? 휘수가 할머니한테 뽀뽀를 해 주면 할머니도 웃어버릴 텐데?"

"그럴까?"

망설이던 아이는 도로 거실의 할미에게로 조심스레 다가간다.

썩 내키지는 않겠지만 할미는 아이의 재등장을 모른 채 눈감아준다. 할미의 태도가 누그러진 것으로 판단한 아이는 어느새 또 아까처럼 떠들어대기 시작한다. 아이의 재잘거리는 소리가 귀찮은 할미는 또 짜증을 낸다.

"지금이 몇 신데 안자고 이렇게 시끄럽게 굴어?"

할미의 꾸중에 잠시 움찔한 아이는 그래도 할미 곁을 떠나지 않고 버티고 앉아 있다.

'할매가 야단쳐도 나는 우리 할매가 좋아! 왜 할매는 내 맘을 이렇게 몰라주는 거야?'

이게 아이의 속마음이다.

마음 약한 할미가 드디어 손을 들고 말았다. 아이를 데리고 안방으로 들어온다. 아이를 침대에 뉘고 자장가를 불러 주며 재운다. 아이는 잠에 들기 전에 사람들이 귀찮아 할 만큼 한바탕 떠드는 것이 습관이 되었다.

2014. 2. 7

멍멍이가 사라졌어요

며느리는 거의 주말마다 현장학습 인솔을 하느라 아이들과 놀아 주지도 못한다. 아이들의 아비는 어차피 아이 돌보는 데 별로 도움이 안 되는 사람이니 아이들에게 그리 환영 받는 존재가 아니다. 오늘따라 할미는 무슨 요긴한 약속이라도 있는지 애니메이션을 틀어 주고는 급히 집을 나가버린다. 틀림없이 같이 어울리는 철없는 할매들이 놀자고 불러내는 소리가 반가워서 달려갔을 게다. 그 바람에 텔레비전을 안 보기로 약속하고 이틀간이나 잘 버티던 큰 아이가 슬그머니 그 약속을 허물어뜨리고 말았다.

요즘 내 몸은 제발 주말만은 좀 쉬자고 아우성이다. 그렇지만 오늘도 아이들은 온전히 내 차지다. 큰놈은 세 시간이 넘도록 텔레비전에 푹 빠져 꿈쩍도 하지 않는다. 오랜 시간 시청하는 게 지극히 좋지 않은 것인 줄 잘 알지만 두 놈을 한꺼번에 돌보려면 그대로 방치하는 수밖에 달리 마땅한 방도가 없다.

할아비를 끌고 다니며 온갖 것을 다 간섭하는 작은 놈에게 꼼짝없이 붙들리고 말았다. 아이는 잠이 드는 시간까지도 할아비 등에 업혀 '이리 가자, 저리 가자' 하며 잠투정을 했다. 이렇게 몇 시간을 시달렸더니 부실한 몸에 피로가 확 몰려온다. 아니, 나를 더 힘 빠지게 하는 건 정작 따로 있다.

잠든 아이를 들여다보니 한숨이 절로 나온다. 아이들에 대해서는 조금도 원념(怨念)이 없다. 자신들이 감당해야 할 책임을 그리 쉽게 방기해버리는 그 배짱과 무심함에 참으로 어이가 없다.

날이 어두워지자 집 나갔던 식구들도 하나둘 찾아들었다. 할아비 품을 떠나기 싫어하는 작은 아이는 아쉬움을 잔뜩 안고 제 부모를 따라 아파트로 돌아갔다. 그런데 이번에는 큰놈이 귀가 아프다며 울어대기 시작한다. 아무래도 심상치 않은 조짐이다.

아이가 귀가 아프다고 하면 식구들 모두 잔뜩 긴장한다. 코와 귀가 약하게 태어난 아이에게 이건 보통 신경 쓰이는 일이 아니다. 아이의 병을 알게 된 뒤로 사람에게 귀와 코가 얼마나 소중하고 그 병이 얼마나 무서운지 절실하게 느끼고 살아간다.

아동 병원에 전화를 걸었더니 이미 문을 닫았다고 한다. 왜 하필 병원에도 갈 수 없는 이 밤중에 아픈 것일까? 아이가 오늘 밤 얼마나 부대끼며 힘들어 할지… 제발 무사하기만을 빌어 본다.

우선 해열제를 먹이고 우는 아이를 달래 보지만 어른들이 더 불안해서 오늘 밤을 온전히 보내기는 그른 것 같다. 그렇잖아도 걱정으로 잠을 못 이루는데 곁에서 숨 쉬는 아이의 상태가 점점 더 심각해진다. 숨소리가 거칠어지더니 끙끙 앓는 소리가 계속된다. 그 소리가 내 가슴을 쿵쿵 찧는 것 같다. 이윽고 심하게 부대끼는지 아이가 잠을 깬다.

"할아버지, 멍멍이가 사라졌어요?"

토끼 인형을 사 주면 멍멍이 인형은 동생에게 주겠다더니, 정든 멍멍이를 차마 내주지 못하고 아직도 잠자리에 끼고 잔다. 이 말은 멍멍이를 찾는다기보다는 할아버지에게 같이 놀아달라며 깨우는 소리다.

시계를 보니 새벽 4시 반이다. 아이의 머리를 만져 보니 또 열이 올라 뜨끈뜨끈하다. 얼른 해열제를 먹였다.

"할아버지, 열나요."

심한 열에 부대끼는지 이불을 걷어차 버리고 할아비 몸 위를 오르락내리락하며 뒤척인다. 어둠 속에서 큰소리를 내면 할미가 깰까 봐 그러는지 낮은 목소리로 속삭인다. 무슨 말인지 알아들을 수도 없는 말로 끊임없이 떠든다. 아마도 말로 고통을 참아내려는 눈물겨운 몸부림인지도 모르겠다.

얼마나 시간이 흘렀을까? 아이의 중얼거림도 잦아들었다. 지쳐서 잠깐 잠이 들었나 보다. 날이 밝는 대로 아이를 병원에 데려갈 생각뿐이다. 언제쯤이면 아이가 이런 걱정 없이 살아갈 수 있을까? 아이 발밑에 숨은 멍멍이 인형을 찾아 잠자는 아이 품에 안겨 주었다.

2014. 2. 8

안 가, 안 가!

직장도 없는 우리 부부에게 휴일이 따로 있을까마는, 그래도 오늘은 일요일이다. 그런데 벌써 두 군데에서 일을 거들어달라는 부탁이 들어온다. 오전은 아들네 집에서, 오후는 딸네 집에서 아이들을 맡아달라는 것이다.

이건 그리 달가운 일감이 아니지만 그렇다고 감히 거절할 수도 없는 노릇이다. 아들은 회사에 나가고 며느리는 꼭 가야 할 결혼식장이 있다며 작은 녀석을 맡긴다. 또 딸네는, 사위가 인도네시아에서 열리는 세미나에 참석할 준비를 하기 위해 딸 부부가 몇 시간 동안 외출을 해야 한다며 석 달 된 젖먹이를 봐달라고 한다.

일찌감치 우리 집을 찾아온 녀석은 유수다. 시시때때로 찾는 사람인 할아비가 있는 집이니 오죽이나 좋을까? 아이는 이 집에만 들어서면 신이 난다. 늘 보는 늙은 할미 할아비가 질리지도 않는지 아이는 내내 싱글벙글해서 온 집안을 휘젓고 다닌다. 단 한 번도 엄마를 찾지 않고 잘 논다. 아이는 할아비만 곁에 있으면 아무런 걱정이 없는 것처럼 보인다.

그럭저럭 오전을 우리 집에서 보내고 이번에는 딸네 집으로 향할 차례다. 부부는 유수를 데리고 딸네 집으로 가기로 했다.

"유수야, 고모네 집에 가자."

그러자 눈치 빠른 아이가 얼른 알아듣고 제 옷을 꿰입고 모자를 뒤집어쓰더니 문 앞으로 나가 신발까지 신고 빨리 가자고 재촉을 한다.

"하빠, 빨리 가자!"

딸네 아파트에 도착해서 할미가 아이에게 묻는다.

"유수야, 고모네 집에는 누가 있지?"

"고모 있어."

"또 누가 있어?"

"겸이 오빠 있어." "또 누가 있어?"

"아가 있어."

"또 누가 있을까? 고모부는?"

"고모부 없어."

가끔 고모네 집에 놀러갈 때마다 사위는 집에 없을 때가 더 많다 보니 아이 눈에는 고모부가 집에 없는 사람으로 인식돼나 보다.

집에서 못 보던 신기한 것들이 많아서인지 딸네 집에 도착하자마자 아이의 눈이 휘둥그레진다. 이것저것 만지고 싶은 게 많은데 오빠가 있어 눈치를 살핀다. 겸이는 제 부모를 따라 집을 나서면서도 사촌동생이 제 장난감을 만지는 게 싫은지 잔뜩 경계를 한다. 그러더니 동생에게 한껏 인심을 쓴다. 제가 먹던 젤리 과자 두 개를 꺼내 주면서 더는 먹지 말라고 주의를 준다.

유수는 사촌오빠가 집을 떠나지미자 기다렸다는 듯이 그 먹지 말라던 과자를 꺼내달라고 할아비에게 졸라댄다. 처음 먹어 보는 과자 맛의 유혹을 견디지 못한 아이는 기어이 그걸 다 먹어치웠다. 그리고는 고모네의 이 방 저 방을 거침없이 순회하며 온갖 간섭을 하기 시작한다.

역시 가장 관심이 가는 곳은 사촌오빠의 방이다. 거기에는 주로 사내아이들이 갖고 노는 자동차며 로봇 등 장난감들이 그득하다. 또 동화책도 제 집보다 훨씬 많다. 어떤 책을 보고 싶으냐고 물었더니 그 많은 책 중에서 첫눈에 하나를 집어낸다.

"백설공주."

서툰 발음이지만 제가 자신 있게 아는 책이 바로 그것인가 보다.

"그러면 하빠한테 좀 읽어 줄래?"

"백설공주, 백설공주, 백설공주… 끝."

아이는 책장을 넘기면서 읽는 시늉을 하더니 다 끝났다고 책을 덮는다.

늘 와 보고 싶었던 고모네 집에 와서 집안 구석구석을 눈에 잔뜩 익히고 나자 아이는 잠이 쏟아지는지 곤한 잠에 빠져들었다. 이윽고 외출했던 겸이네 식구들이 귀가했다. 역시 겸이는 아까 사촌동생이 탐을 내던 그 젤리 과자부터 찾더니 다 없어진 걸 알고 따지기 시작한다.

"할아버지, 내 과자 왜 없어졌어요? 유수가 먹었지요?"

"아니, 할아버지가 다 먹어버렸다. 다음에 또 사 줄게."

아마 유수가 먹었다고 했으면 떼를 쓰고 야단법석을 피웠을 텐데 차마 할아버지에게는 더 따지지 못하고 입을 다문다.

단잠을 깨울 수 없어 잠자는 유수를 안고 차에 태워 다시 우리 집으로 돌아왔다. 저녁 무렵이 되니 아이의 부모들이 아이를 찾으러 나타났다. 아이를 데려가려고 자는 놈을 깨웠더니 선잠을 깬 아이가 집이 떠나가라 고함을 지른다.

"안 가, 안 가!"

이제 아이는 제 집에 가자는 말이 제일 싫다. 그래서 하루에 수십 번도 더 이 말을 소리친다. 심지어 잠꼬대의 단골 메뉴도 바로 이 말이다.

이렇게 이번에도 손자 손녀 네 녀석들에게 꽉 붙잡혀 지낸 주말이 되고 말았다.

2014. 2. 9

한 밤 자고?

며느리가 늦게 퇴근하거나 무슨 일이라도 생기면 유수를 직접 데리러 어린이집을 찾아가야 한다. 내자나 내가 어린이집에 들어서면 아이가 얼마나 좋아하는지 모른다. 다른 아이들에게 자랑하느라 큰 소리로 떠든다.

'애들아, 나는 우리 할아버지 할머니가 데리러 왔다! 너희들 부럽지?'

마치 이렇게 말하는 것 같다. 오늘은 외출했던 할미가 귀가하는 길에 혼자 아이를 데리러 갔었나 보다. 이제 아이는 어떤 방향으로 가면 할아버지 집이고, 어느 쪽으로 가면 제가 사는 아파트고, 또 고모네 집은 어디인지 다 안다. 차에 태우자마자 고모네 집으로 가자고 조르더란다.

"고모 집 가자!"

"오늘은 안 돼!"

할미가 말리자 아이의 입에서 터져 나온 말은 너무나 뜻밖이었단다.

"한 밤 자고?"

할미는 자신의 귀를 의심했다고 한다. 하룻밤을 자고 다음 날 가자는 말인가 보다. 아이는 제가 사는 아파트로 가는 걸 아주 싫어한다. 할아버지 집이나 고모네 집이라면 좋겠는데. 아이는 마음대로 뛸 수도 없고 같이 놀아 줄 사람도 없는 비좁은 그곳에 정을 붙이지 못하고 있는지도 모른다.

아이는 이틀 전 가서 놀았던 고모네 집에 다시 가 보고 싶었던 게다. 거기에서 사촌오빠의 자동차 장난감도 실컷 만져 보고 싶고, 맛있는 젤리 과자도 먹고 싶고, 제가 사는 집보다 훨씬 널찍한 이 방 저 방에도 돌아다니고 싶었던 모양이다.

아이는 조용한 여자애들과는 노는 차원이 판이하게 다른 왈가닥이다. 노는 걸 들여다보면 마치 남자애들처럼 자동차나 로봇 조립하는 걸 더 좋아한다. 제 언니처럼 공주 놀이나 주방 놀이 따위에는 별로 관심을 갖지 않는다. 그래서 사촌오빠 집에 잔뜩 널린 그런 장난감 속에서 놀고 싶어 한다. 오빠가 저를 경계하며 눈치를 주는 것 따위는 안중에도 없다는 듯이.

이런 아이에게 내자와 나는 걱정과 기대가 교차한다. 노는 것이 여성스러움과는 거리가 먼 행동을 서슴지 않아서 조금은 염려스럽다. 그렇지만 아이의 기발한 창의력에는 찬탄을 금치 못한다. 미끄럼틀에 크레파스 칠로 낙서를 하기에 나무랐더니, 아이는 누구도 상상하지 못할 아이디어를 내놓아 사람들을 놀라게 했다.

물티슈를 가져와 미끄럼틀 바닥에 깔더니 그 위에 엉덩이를 올려놓고 미끄럼을 탐으로써 낙서를 지우는 게 아닌가? 어딘가에서 단 한 번도 본 적이 없었을 텐데 어떻게 이런 생각을 했을까? 남녀 간의 능력에서 경계가 별 의미를 갖지 않는 시대라고는 하지만, 나의 생각이 아직도 고루함을 벗어나지 못하는 것인가? 이놈도 큰놈 못지않게 영리해서 이러는 것인가?

2014. 2. 11

그러면 치마를 입어야겠네!

인기 방송 프로그램인 '아침마당'에서 출연 제의가 들어왔다. 책을 낸 것이 지난해 봄이었으니까 상당한 시일이 지났는데, 뒤늦게 소문을 들은 제작진이 그냥 지나치지 않고 기어이 나를 찾는다. 지난여름 어느 방송사의 펑크 사건 이후로 방송이라면 우선 속임수가 연상돼서 상당히 망설였다. 손자를 팔아 유명세를 치르는 것 같아 그리 내키지도 않았다. 또 이미 여러 군데 방송을 타는 바람에 사생활이 자꾸 노출되는 것도 그리 달가운 일이 아니다. 그렇지만 워낙 인기 프로그램이라서 이번에는 나가는 것이 좋겠다는 가족들의 의견이 많았다.

방송 주제는 역시 조부모의 손자 양육 문제라고 한다. 특히 요즘 한창 화제가 되고 있는 할아버지들의 육아를 다루는 것 같다. 손자 돌보는 게 당연한 일인데 세태가 달라져서 이제는 이런 것마저도 화제가 되다니 참 세상이 많이도 변했다.

× 2014. 2 ×

실속파 노인들이 더 많다 보니 나같이 요령 없이 사는 것도 남의 눈에는 희귀한 현상으로 보이는가 보다. 어쨌거나 생방송이고 비중 있는 프로그램에 나가려니 심적 부담이 크다. 얼굴 내기를 좋아하는 사람들에게야 호재라고 할 수도 있겠지만 비위가 약한 사람에게는 긴장되고 떨려서 잠도 안 오고 소화도 잘 안 된다. 방송사에서는 손녀를 꼭 데리고 나와 달라는 부탁을 한다. 내자는 아이에게 입힐 옷이 마땅치 않다는 걱정부터 앞세운다. 여자애라 예쁜 새 옷을 입히고 싶은데 아이 옷이 어른 것 못지않게 비싸다는 푸념이다.

그런데 어른들과는 달리 큰손녀는 몹시 들뜬 기색이 역력하다. 이 어린 것이 방송 출연에 할아비보다 더 신경을 쓴다. 난데없는 아이의 질문에 어이가 없다.

"하빠, 방송국에는 화장실 없어요?"

"있지. 그런데 그건 왜 물어?"

"방송하다가 쉬가 마려우면 어떻게 하지요?"

"걱정하지 마. 기저귀 차고 가면 되잖아?"

"기저귀 차면 바지는 못 입겠다. 그러면 치마를 입어야겠네!"

아마도 아이는 기저귀를 차면 바지 위로 불룩 도드라져서 보기 싫을 것을 걱정하는 모양이다. 그래서 바지 대신 치마가 그걸 가려 주리라 생각하는 게 틀림없다. 아이는 입고 갈 치마를 열심히 고른다. 실은 아이가 부쩍 자라 전에 입던 옷들이 작아져서 마땅한 외출복이 별로 없다.

할미는 다른 집 아이들만큼은 차려 입혀야 한다고 생각하는 것 같다. 아무래도 안 되겠는지 백화점에 데려가서 새 옷을 사 입혀야겠다고 한다. 옷은 주인공이 직접 골랐다. 그런데 예쁜 치마를 고르고 나니 구색을 갖춰 속에 받쳐 입을 블라우스도 있어야 한다고 한다. 이렇게 하느라 서울에 올라가기도 전에 벌써 적잖은 투자를 하고 말았다.

또 아침 일찍 하는 생방송이라 전날 상경해서 방송국 근처에서 묵어야 한다. 오가는 교통비에 숙박비까지 만만찮은 돈이 드는데 과연 이렇게까지 해야 하는지 번거롭고 귀찮다는 생각이 앞선다. 남 보기에만 그럴싸하지 별로 실속 없는 일이나 아닌지 모르겠다. 그래도 이제 와 새삼스레 그 약속을 깰 수는 없는 일이다.

2014. 2. 15

국민 여러분 앞에서 한 다짐

드디어 방송이 있는 날이다. 전날 서울에 올라와 방송사 근처에 숙소를 정했는데 밤새 한숨도 못자고 꼬박 날을 새고 말았다. 생방송에 나온다고 긴장해서 그런 것만은 아니고 나는 원래 잠자리가 바뀌면 잠을 못 이루는 버릇이 심하다. 그래서 여행도 꺼려하고 집을 벗어나서 자는 일이 거의 없이 살아왔다. 환갑을 훌쩍 넘긴 지금까지도 이 촌스러운 습성은 나를 떠날 생각을 하지 않는다.

어른들이야 그렇다 치더라도 잠이 모자라는 여섯 살 아이가 새벽같이 일어났으니 비몽사몽간이고 어색한 환경에 퍽이나 놀랐을 것이다. 생활 리듬이 깨진 아이가 조명과 소음으로 소란한 방송국 분위기에 잘 견딜지 걱정스러웠다.

처음은 그런대로 괜찮았다. 사회자의 소개에 따라 휘수와 내가 손을 잡고 힘차게 걸어 나왔고 휘수는 앙증맞게 손을 흔들며 사회자에게 손뼉까지 부딪치는 여유도 부렸다.

막상 방송이 시작되자 노련한 사회자들의 헌신적 노력으로 분위기를 여유롭게 이끌어 간다. '국민 누나'라는 애칭으로 친숙한 여성 사회자가 아이에게 한껏 다정하게 묻는다.

"이름이 뭐예요?"

"해뜰유치원 소망반 신휘수입니다."

"몇 살이에요?"

"여섯 살입니다."

아까 대기실에서 연습할 때는 분명히 아이들 말투로,

"신휘수이에요, 여섯 살이에요."

라고 대답했는데, 막상 방송에 들어가자 아이는 어른들 말투로 바꿔버려서 다들 놀랐다. 마치 촌사람이 어색한 서울 말씨를 구사하는 것 같아 웃음이 터져 나올 뻔했다. 아마도 아이는 이렇게 말하는 것이 방송 용어로는 더 적절하고 공손하다고 여기는지도 모른다.

특히 오늘의 압권은 뭐니 뭐니 해도 우리 휘수의 춤 솜씨였다. 원래는 같이 출연한 다른 아이만 이 춤을 추도록 기획했었는데, 연습실에서 휘수의 춤 솜씨를 보고 놀란 제작진이 휘수까지 같이 추도록 계획이 바뀐 것이다. 몇 달 전 유치원의 학예 발표 때 청중들을 매료시켰던 '유후' 춤이 이번에는 방송을 통해 전국에 알려지게 되었다. 한마디로 아이의 깜찍한 모습이 전국의 시청자들 눈을 사로잡았을 것이다. 적어도 이 할아비 눈에는 분명히 그렇게 비쳤다.

어른들이야 서서히 긴장이 풀리고 그런대로 방송에 빠져드는데, 한 시간도 넘는 긴 시간을 여섯 살 아이가 버티기에는 아무래도 무리였나 보다. 아이는 의자에 얌전히 앉아있지 못하고 몸을 비틀고, 의자에 쓰러져 눕는 시늉도 하고, 의자에 올라갔다 내려가기를 반복하며 지루해서 도저히 더는 못 참겠다는 자세다. 이 모습이 지켜보기에 안쓰러웠는지 사회자가 아이의 이런 자세를 옹호하고 나선다.

"다른 아이들 같으면 스튜디오를 마구 뛰어다닐 텐데, 이만 하면 휘수는 잘 참는 거예요…"

그렇잖아도 얌전히 있지 못한 자세 때문에 난처했는데 배려 깊은사회자가 참으로 고마웠다.

어른들끼리의 대화는 대개 서로 체면을 차리느라 자칫 무미건조해지기 쉽지만, 어린 아이들이 얽힌 이야기가 나오면 누구나 분위기가 부드럽게 흘러가게 마련이다. 오늘 방송의 주제가 아이들 양육을 다루는 것이어서 시종일관 분위기는 화기애애했다. 특히 사회자들의 재치 넘치는 입담으로 출연자들을 참 편하게 이끌어 갔다.

"아이들이 할아버지를 그렇게 잘 따른다면서요?"

너무 어려서 비록 방송에 출연하지는 못했지만, 집에 있는 작은 손녀 이야기를 빠뜨릴 수 없었다. 나중에라도 커서 이 방송을 보고, 왜 저는 빼놓고 언니만 데려갔느냐고 서운해 할 것만 같아서 얼른 생각나는 게 있었다.

"특히 세 살짜리 작은놈이 응가가 마려우면, '하빠, 똥' 하고 할아버지에게 달려오지요. 제 엄마나 할머니가 치워 주겠다고 해도 한사코 마다하고 굳이 할아버지만 찾아요. 변기에 앉아 응가를 마칠 때까지 손을 꼭 잡고 힘주어 '응가' 소리를 복창하라고 명령하지요. 이럴 때면 마치 덩치 큰 코끼리가 몸집 작은 토끼에게 이리저리 끌려다니면서 시달리는 장면이 연상되곤 하지요."

"그러면 그 코끼리는 과연 행복할까요?"

"그야 물론 (토끼의 마법에 걸린 코끼리는) 자신이 행복하다고 느낄 수밖에 없지요."

스튜디오는 한바탕 폭소에 휩싸였다.

"손녀들 키우면서 전담하시는 일은 무엇인지요?"

"아이들이 저를 더 많이 따르다 보니 할머니보다 제가 일감이 더 많지요. 아이들 밥 먹이고 빨래하는 건 그 사람이 전담하고, 똥 치우고 안아 주고 업어 주고 놀아 주는 건 할아버지 몫이지요. 그래서 저는 여행도 제대로 못 가 봤어요. 그런데 할매는 가끔 2박 3일씩 여행을 떠나기도 하지요. 노년에 아이들 키우느라 숨이 막히겠거니 하고 차마 여행을 말리지는 않지만, 할머니 없이 저 혼자 아이 둘을 감당하다 보면 심기가 그리 편치는 않아요. 아마도 할매는 또래 할매들과 어울리다 보면 손자 키우는 어리석음을 지적당하면서 아이들을 빨리 내보내라는 말을 듣고 속이 뒤틀리겠지요. 그래서 할매는 가끔 일탈의 유혹에 흔들리곤 한답니다."

드디어 한 시간이 넘는 생방송이 끝났다. 그동안 방송하느라 꺼 두었던 휴대폰에는 문자메시지가 잔뜩 들어와 있었다. 전국에서 방송을 본 친지들의 격려 전화였다. 그동안 적조했던 친척들과 고향 친구들, 문우들, 또 수많은 옛 동료들의 분에 넘치는 안부 전화를 받았다.

이 모든 게 다 귀여운 내 손자들 덕분에 얻은 결과물이다. 나는 전 국민이 지켜보는 앞에서 손자들을 잘 키우겠노라고 다짐한 셈이 되었다. 목숨이 다하는 날까지 반드시 실천하겠노라고 나 자신과 굳게 약속했다.

2014. 2. 17

정말 시계가 빨리 돈다!

방송에 출연한 뒤로 휘수는 집 식구들에게서 천덕꾸러기로 지탄을 받고 있다. 방송 중에 얌전히 앉아 있지 못한 것에 대해 식구들은 두고두고 아쉬워하고 있다. 같이 출연한 다른 아이의 얌전한 자세와 너무 대조적이어서 화면에도 더 많이 비춰지지 못한 것이라고 아이 탓을 하는 사람도 있었다.

내자도 나도 아이의 태도가 걱정스럽기는 하다. 우리가 아이를 잘못 키우는 건 아닌지, 혹시 주의력 결핍이라도 아닌지 방정맞은 생각까지 고개를 든다. 아이의 이런 행동을 볼 때마다 전부터 짚이는 것이 하나 있었다. 예전에 한동안 할아비와 떨어져 지낸 적이 있었는데 아마도 아이는 이때 정신적 충격을 받았는지도 모른다. 그래서 부모가 사는 집으로 가기를 한사코 거부하고 있는 것이다. 그 무렵부터 집중력도 현저히 떨어진 걸 생각하면 더욱 더 그런 생각이 든다.

× 2014. 2 ×

아이는 어른들의 웬만한 꾸중에도 거의 반응을 보이지 않는다. 할미가 잘못을 지적해도 들은 척도 하지 않고 딴짓만 일삼는다. 이렇게 할미의 성질을 돋우면 화가 치민 할미의 심한 말이 날아오고 그제야 겨우 얼굴을 조금 붉히는 정도다. 이 지경이 되면 도리어 야단치는 사람이 지치게 마련이다.

또 어른들도 야단치는 것을 반복하면 그것이 버릇이 되고 그 강도가 자꾸 높아지기 마련이다. 아무래도 이런 상태가 쌓이면 아이의 성격 형성에도 좋지 않은 영향을 미칠 테니 아이를 더 세심하게 보살펴야겠다는 생각이 든다.

아이는 오늘 밤에도 거실에서 텔레비전을 시청하는 할미 곁에 달라붙어 자리를 떠나지 않는다. 아이가 자꾸 말을 걸어오는 것이 귀찮은 할미는 버럭 소리를 지른다.

"좀 가만히 있으라니까 왜 이렇게 귀찮게 굴어?"

할미의 꾸중에 조금 잠잠하다가 눈치를 봐 가며 다시 말을 건다.

"너 정말 이럴 거야? 아홉 시가 되면 자라고 했지?"

"할머니, 아직 아홉 시 못 됐는데요?"

"10분만 있으면 아홉 시야. 그때는 방에 들어가 자거라?"

그러자 아직 잠자리에 들기 싫은 아이는 제 마음을 숨기지 못하고 무심결에 내뱉고 말았다.

"정말 시계가 빨리 돈다!"

할미의 꾸중에 무안함을 감추려는 아이의 재치 넘치는 대꾸다.

아이의 말에 할미는 터져 나오는 웃음을 참지 못한다. 이럴 때마다 할미는 아이가 아이 같지 않다고 혀를 내두른다. 이렇게 입심 좋은 아이가 커서 무엇이 되려는지 모르겠다고 한다.

"휘수 할아버지, 당신 손녀 말하는 것 좀 보세요?"

분명코 아이는 할머니보다 한 수 위다.

같은 말이라도 아이의 입을 통하면 마치 멋진 음악을 듣는 것처럼 기분이 좋아진다. 더러운 물이 호수나 늪지대를 거치면 정화수가 되듯이 아이들이란 세상에서 그런 존재가 아닐까?

2014. 2. 18

손녀와 함께하는 나들이

휘수네 유치원은 봄방학을 맞았다. 이제 일주일만 지나면 상급반에 올라간다. 아이는 이걸 '형님반'이라고 말한다. 오리엔테이션을 마치고 돌아온 아이는, 이제부터 '지혜반'이 되었다고 좋아한다. 교실도 1층이라는 말까지 덧붙인다. 23개월쯤 되어 처음 어린이집에 다니던 때가 엊그제 같다. 매일 아침 온 동네가 떠나가라 떼쓰면서 할미 할아비 속을 태우던 놈인데, 그 사이에 예쁜 동생도 생기고 몸도 생각도 참 많이 자랐다.

주말을 맞아 아이의 부모들이 와서 큰딸을 아파트로 데려가려고 별별 말로 아이를 유혹한다. 아이의 반응이 시원치 않자 이번에는 아예 읍소 작전으로 나선다.

"휘수야, 일주일에 하루만이라도 엄마 아빠랑 같이 자자, 응?"

아이는 부모들에게 미안한지 마지못해 승낙을 하고 말았다. 참으로 오랜만에 부모를 따라갔다.

하루를 아비 집에서 머물고 이윽고 일요일 밤이 되었다. 나는 속으로 가만히 뇌까려 본다.

"과연 아이가 오늘밤에 할아비에게 돌아올까? 틀림없이 돌아오고 말겠지?"

밤 여덟 시쯤 되자 아이는 어김없이 되돌아왔다. 아비는 제 집에서 딸을 하룻밤 더 재우고 싶어 했지만 울며불며 할아비에게 데려다 달라고 조르는 걸 도저히 말릴 수가 없었다고 한다.

봄방학이지만 아이는 오전 동안은 유치원에서 지내기로 했다. 우리 부부가 오전에는 운동이라도 해야 하니까 그 두어 시간을 유치원에 맡기는 것이다. 이제는 제법 날씨가 풀려서 아이의 손을 잡고 유치원에 데려다주고 데려오기도 편해졌다. 아이는 할아비 손을 잡고 걸어 다니는 걸 참 좋아한다. 아침에도 유치원 가는 길에 아이는 이렇게 말했다.

"할아버지, 이따 우리 같이 마트에 가요. 제가 살 게 있거든요."

이 말을 거역할 할아비가 아니라는 걸 아이는 너무나 잘 안다. 순전히 아이의 일방적인 말이지만 할아비는 그 약속을 지키지 않을 수 없다.

휘수는 말 잘하고 춤도 잘 추는 어린이집의 모범생을 넘어 이제는 전국적인 스타 어린이로 유명해졌다. 마트로 가는 길에 만나는 사람마다 그냥 지나치지 않고 아이에게 말을 건다.

제일 먼저 만난 사람은 '꿈의 교회' 목사님이다. 이분은 헬스장에서 운동을 같이 하다 만난 사이다. 방송을 보자마자 문자메시지를 보내왔었다. 두 번째로 만난 사람은 목욕탕 집 아저씨다. 평소에 겨우 눈인사 정도나 주고받는 처지지만 아이를 보자 한달음에 뛰어와 말을 건넨다. 동네 할머니들도 통상 아수머니도 하나같이 반갑게 맞아 준다.

동네에 나가면 많은 사람들이 알아보고 쫓아와 말을 붙인다.

"휘수야, 너 춤 참 잘 추더라. 어쩌면 그렇게 말도 잘하니? 할아버지가 그렇게 좋으냐?"

방송을 본 사람들이 이름까지 알고 있고 그날의 방송 장면을 생생히 기억하고 있다.

아이는 할아비가 제 말이라면 거절하지 못한다는 사실을 진즉부터 잘 알고 있다. 또 아이는 과자 따위 먹을 것에 욕심을 낸다기보다는 할아비 손을 잡고 나들이하는 것 자체를 훨씬 더 좋아하기 때문이다.

사실 나도 아이를 데리고 동네에 나가면 사람들이 이런 다정한 모습을 부러워하면서 말을 걸어오는 것에 얼마나 행복감을 느끼는지 모른다. 어쩌면 아이가 나들이 가자는 말을 내가 더 기다리고 있다는 표현이 맞을 것이다. 아이와 함께하는 나들이 때문에 내 용돈이 줄어드는 건 얼마든지 감수할 수 있다.

2014. 2. 24

어떤 고모가 사 줬어요

어제 아침의 일이다. 일곱 시도 안 된 이른 아침에 아이가 침대에 누워 어리광을 피운다.

"하빠, 나 목 말라요. 오렌지 주스 마시고 싶어요. 그런데 따뜻한 걸로 주세요?"

조금은 이상하다 싶었지만 주스를 덥힐 수는 없어 시원한 주스를 한 컵 갖다 바쳤는데 그게 탈이었다. 마시고 얼마 지나지 않아서 아이가 웩웩거리더니 토하기 시작한다. 빈속에 너무 찬 걸 마셔서 그런 것일까? 생각이 없다며 아침 식사도 거른 채 물만 마셨는데 토하기를 거듭했다. 병원에 데려갔더니 장염 기운이 있다는 진단이다. 아이는 주사를 맞지 않은 것만도 다행이라 생각해서인지 의사의 지시를 주의 깊게 듣는다. 당분간 밥도 삼가야 하고, 우유나 주스도 안 되고, 밀가루 음식도 금하고 죽만 먹어야 한다니 이러다 영양실조에라도 걸릴까 봐 걱정이다.

오늘도 점심까지도 거의 굶고 저녁에야 겨우 죽을 떠먹었을 뿐이다. 지난 주말에 아비 집에 다녀오더니 장염을 앓던 동생에게 전염된 것일까? 자매간에는 병마저도 감염이 더 빠른 것인가?

조손 가정 아이들이 대개 그렇듯이 평소에도 어리광이 심한데 이렇게 몸이라도 아플 때면 훨씬 더한다. 걸핏하면 울며 짜증을 부리지만 우리 부부는 차마 아이를 나무랄 수도 없다. 저 불쌍한 것이 부모와 떨어져 지내는 허전함을 달래려고 조부모 품으로만 안기는 것이려니…

먹은 것이 시원치 않아 기운이 없던 아이는 낮에 두어 시간 가량 잠을 잤다. 낮잠 탓인지 밤 11시가 넘었지만 아이는 쉬이 잠들지 못하고 잠 덧을 심하게 한다. 어리광을 피우느라 처음에는 가짜 울음으로 시작한 것이 거기에 약간의 서러운 감정이 섞이며 시간이 흐르자 점점 진짜 울음으로 변해버렸다.

효(孝)를 중시하던 전통적 유교 사회에서는 부모가 죽으면 곡비(哭婢)를 사서라도 그 서러운 분위기를 연출했다는데, 아이의 어리광을 보며 짠한 마음이 밀려든다.

한밤중에 울어대는 아이를 달래다 지치고 속이 상한 내자가 울컥 화를 토해내고 말았다.

"너 내일부터는 애비한테 보내버릴 거야!"

"안 가, 안 갈 거야!"

울면서도 아이는 절대 안 가겠다고 대든다. 마침내 할미와 아이는 서로 부둥켜안고 울다 잠이 들었다.

오늘 아침이 되자 아이의 병세가 차도를 보이는 것 같다. 그렇지만 아직은 조심스러워서 오늘은 유치원을 쉬기로 하고, 대신 운동하러 가는 할미가 볼링장에 데려가기로 했다. 아이는 가끔 할미를 따라 모임에도 가고 운동하는 데에도 얼굴을 내밀곤 한다. 거기에서는 할미 친구들로부터 귀여움을 독차지하고 맛있는 것도 얻어먹을 수 있어서 아이는 은근히 따라가고 싶어 한다.

집으로 돌아온 아이가 환하게 웃는다. 아이의 손에는 과자랑 음료수가 들려 있다.

"아가, 누가 그걸 사 줬니?"

"어떤 고모가 사 줬어요."

"아니 고모라니, 거기에는 할머니 친구들만 모였을 텐데?"

옆에서 듣던 할미의 보충 설명을 듣고서야 의문이 풀렸다. 할미 친구 한 사람이 아이에게 이르기를, 자신을 할머니라 하지 말고 고모라 부르라고 세뇌 교육을 시켰다는 것이다. 그 이유인즉 그 사람은 자식들이 아직 결혼을 하지 않았기 때문에 할머니라는 호칭이 싫다고 했단다. 아이는 얻어먹은 값을 하느라 분명히 할머니뻘인 사람을 고모라 불렀던 것이다. 내게 언제부터 그렇게 늙은 딸이 하나 더 있었던가?

2014. 2. 26

2014년

3월

하빠는 예쁘게 묶어 줄 수가 없구나!

하빠가 아니네?

이따 하빠가 데리러 올게

생각주머니가 깨질 뻔했잖아요?

하빠를 제일 반가워해요

지금 눈물 날 때가 아닌데?

하빠, 또도기 갈아 주세요!

봄 동산 둘러보기

유수는 피아니스트

하빠는 예쁘게 묶어 줄 수가 없구나!

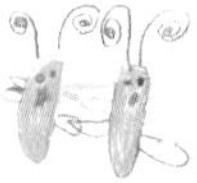

해가 바뀔 무렵에 내자가 잊지 않고 챙기는 일 중의 하나는 간 · 만조 시간이 표시된 달력을 구하는 것이다. 조개잡이에서 필수 조건이 물때이기 때문이다. 따라서 내자는 좋은 물때를 놓칠 리가 없는 사람이다. 어제도 사람들을 끌어모아 1박 2일 일정으로 바다로 달려갔다.

어젯밤 큰손녀는 할미의 빈자리가 허전해서 도저히 못 견디겠는지 저녁 밥상머리에서 울음을 터뜨리고 말았다.

"할머니가 보고 싶어!"

곧바로 할미에게 전화를 걸어 달라고 하더니 설움에 북받쳐 말을 잇지 못하고 울기만 한다. 놀란 할미는 아이의 어미에게 전화를 했고, 아이 부모들은 아이를 데리고 있는 내게 전화를 걸며 걱정한다. 급기야 아비가 달려와 딸을 데려가겠다고 아이를 설득해 보지만 아이는 할아비 집을 떠나지는 않겠다고 버틴다.

이렇게 보채는 놈을 데리고 밤을 지새울 생각을 하니 일찌감치 피로가 확 몰려왔다. 겨우 달래서 밥을 몇 순갈 떠먹이고 일찍 침대에 뉘어 책을 읽어 주기로 했다. 어제 아이 고모네 집에서 얻어온 톨스토이의 작품 '바보 이반'을 여러 차례 읽어 주며 아이를 달래 본다. 아이가 쉬이 잠들 것 같지 않기에 이번에는 불을 끄고 옛날이야기를 들려준다. 겨우 마음을 진정한 아이가 잠이 들었지만 자다가도 여러 차례 깨어나 할미를 찾으며 울었다.

새삼스러울 것도 없지만, 내자가 집을 비울 때마다 둘이 분담하던 일을 혼자 감당하려면 힘도 들고 짜증이 난다. 할미가 주로 담당하던 밥 먹이는 것은 그런대로 해내겠는데, 자기 전 말동무는 내 능력 밖이다. 밤마다 맞장구쳐 주던 익숙한 말동무가 아니어서 그런지 아이가 자꾸 할머니가 보고 싶다고 보챈다. 할머니를 데려올 수도 없는 나는 그만 말문이 막히고 만다.

무엇보다 난처한 일은, 유치원에 갈 아이의 머리를 예쁘게 묶어 주지 못하는 것이다. 몇 차례 연습을 해 봤지만 머리 묶어 주는 것만큼은 왜 그리도 잘 안 되는지 모르겠다. 할미도 가출할 때마다 늘 그걸 걱정하곤 했다. 오늘은 눈 딱 감고 없는 솜씨를 발휘해서 아이 머리를 손질해 주면서 아이에게 당부를 했다.

"아무래도 하빠는 예쁘게 묶어 줄 수가 없구나! 그러니 유치원 가거든 선생님에게 좀 봐달라고 해라?"

2014. 3. 4

하빠가 아니네!

아침 8시쯤이다. 이런 시각에 전화가 오면 왠지 불안하다. 그리 좋은 소식이 날아들 리가 없기 때문이다. 전화기에 찍힌 번호가 낯익다. 며느리의 목소리 너머로 유수의 울음소리가 처량해서 마음이 울적해진다.

"아버님, 유수가 할아버지 보고 싶다며 유치원에 안 가겠다고 울어서 전화를 드렸어요. 옷을 다 벗어버려서 어떻게 해 볼 수가 없어요."

출근 시간에 아이가 보채서 이러지도 못하고 저러지도 못하는 그 난감한 정경이 눈앞에 선하게 그려진다.

"그래, 어서 데려오너라."

그 어린 것이 할아비가 보고 싶다는데 마음 약한 할아비는 벌써 눈자위가 붉어지고 만다.

전화기를 놓자마자 아이가 오는지 궁금해 창밖을 내다보면서 기다린다. 10분이 넘어도 안 나타나자 다시 전화를 걸었다. 출근 준비도 제대로 못하고 혼자 애를 태웠을 며느리도 안쓰럽다. 얼른 달려가서 안아 주자 눈물자국으로 얼룩진 아이의 얼굴에서 희미한 웃음이 피어난다. 아이의 등장에 반갑게 달려드는 개를 보자 냅다 소리를 지르며 반가움을 대신한다.

"흑비야, 너 저리 가!"

이제야 보고 싶은 할아비를 만났으니 기분이 풀리나 보다. 아이는 집안에 들어서기가 무섭게 예의 버릇대로 옷을 훌훌 벗어던지고 언니부터 찾는다.

"언니야!"

유아 애니메이션을 보던 언니는 반가움에 소리를 내지르며 달려와 동생의 손을 잡아끈다.

"유수야, 언니 '따개비 루' 보고 있다. 같이 보자."

똑같이 생긴 자매가 손을 꼭 잡고 나란히 앉아 텔레비전을 보는 모습이 얼마나 정겨운지 모르겠다. 이렇게 서로를 그리워하는 놈들이 한집에서 살지 못하고 떨어져 지내야 하다니 참으로 못할 짓이다.

지금은 아이들을 어린이집과 유치원에 보낼 시간인데, 갈 생각을 하지 않고 저렇게 텔레비전에만 푹 빠져 있으니 어쩐다?

늘 보고 싶은 작은 손녀이긴 하지만 요놈의 등장을 그리 반가워할 수만도 없다. 두 아이 세수시키고, 머리 손질하고, 밥 먹이고, 옷 갈아입혀 등원시키려면 오늘의 생활 리듬은 엉망이 될 수밖에 없으니 말이다.

아이가 텔레비전에 열중하는 틈을 이용해 은근슬쩍 밥숟가락을 들이대며 아침밥도 먹이고 과자를 쥐어 준다. 그렇게 한눈파는 사이에 옷도 입혀서 얼른 차에 태웠다. 뒤늦게 눈치를 챈 아이가 안 가겠다고 버티지만 할아비의 전격 작전에 아쉬움을 달랜다. 어린이집에 당도해서 교사들을 보자 아이의 태도가 이내 누그러지고 말았다.

할아비와 떨어지기 싫어하는 아이를 억지로 떼어 놓고 돌아서는 발길이 한없이 무겁다. 하루 종일 아이 생각으로 마음이 어두운 하루였다.

저녁 무렵이 되자 또 며느리가 전화로 아이의 소식을 전한다. 퇴근길에 아이를 데리러 간 어미를 보자 아이가 얼른 어린이집 안으로 숨어버리더란다. 저를 데리러 올 줄 알았던 사람이 할아비가 아닌 어미여서 잔뜩 실망해서 그랬던 것이다.

"하빠가 아니네?"

할아비를 향한 그 어린 것의 애틋한 마음을 어떻게 달래 줄까?

내일은 무슨 일이 있어도 이 할아비가 꼭 데리러 가야지!

2014. 3. 12

이따 하빠가 데리러 올게

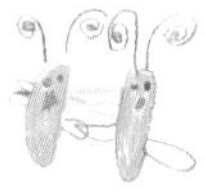

아침에 일어나 창밖을 내다보며 작은손녀 생각을 하고 있다. 기억력 좋은 놈이 오늘도 틀림없이 할아비를 찾을 텐데…

8시를 조금 넘자 어김없이 전화벨이 울린다. 그러면 그렇지! 어제 아침에 할아비를 만났으니 오늘 아침에도 찾지 않을 리가 없지! 아, 이제 매일 아침 할아비를 찾아 우리 집으로 출근하게 생겼구나!

그래, 보고 싶어 하는 마음을 어떻게 말릴 것인가! 할미나 할아비가 좀 귀찮고 힘들어도 아이의 마음을 달래줄 수만 있다면 기꺼이 감내해야지. 사실 작은아이가 집에 들어오면 집안이 온통 엉망이 되고 만다. 아무 것이나 닥치는 대로 꺼내 어질러 놓고, 아무데나 낙서를 해대니 치우고 닦아내느라 곤욕을 치르곤 한다. 어지간한 야단을 쳐도 도무지 씨도 안 먹히는 놈이다.

× 2014. 3 ×

오늘 아침에도 어찌어찌해서 힘겨운 씨름 끝에 겨우 아이를 어린이집에 데려다주었다. 더구나 오늘은 어린이집에 도착해서도 노골적으로 안으로 들어가지 않으려 했다. 보통 때 같으면 떼를 쓰다가도 보육 교사만 보면 어느새 누그러졌는데 오늘은 그게 아니었다. 오만상을 찌푸린 얼굴로 할아비와 떨어지는 아쉬움을 표했다.

첫아이 때도 익히 경험한 일이지만 아마도 지금쯤이 아이가 어린이집에 싫증을 내는 시기인지도 모르겠다. 아이 키우다 보면 한두 번씩은 치러야 하는 홍역으로 알고 각오해야지 별 도리가 없다. 아이가 안쓰러워 겨우 이렇게 달래 주었다.

"이따 하빠가 꼭 데리러 올게. 고모 집에도 가서 놀자, 알았지? 자, 대답해 봐?"

"예…"

기어들어가는 볼멘소리로 마지못해 하는 대답이다.

아가, 불쌍한 내 손자야! 어쩌자고 할아비 가슴을 이리도 먹먹하게 하느냐?

2014. 3. 13

생각 주머니가 깨질 뻔했잖아?

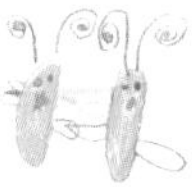

상급반에 올라간 휘수는 이제 유치원에서 낮잠을 자지 않는다. 여섯 살부터는 낮잠을 재우지 않는 유치원 방침에 따른 것인데 낮에 제대로 쉬지 못하는 아이는 집에 돌아오자마자 지친 기색이 역력하다. 허기진 것인지 먹을 것을 찾아 허겁지겁 먹기도 하고 괜히 짜증을 잘 내서 전에 없이 할아비를 귀찮게 한다.

오늘은 온갖 사소한 것에도 시비를 걸며 보챈다. 아이가 혼자 책을 보고 있기에 잠깐 2층 옥상에 올라가 일을 보고 있는데 아이의 통곡 소리가 이웃집에까지 들리겠다. 급히 내려와 왜 우느냐고 묻자 아이가 울먹이며 대답한다.

"할아버지가 나 혼자 두고 가면 산에서 늑대가 내려와 물어가잖아?"

말도 안 되는 이유로 제 울음을 합리화시키려 한다. 아까부터 울고 싶었는데 마침 좋은 시빗거리가 생긴 셈이다.

아이는 지금 몸도 피곤하고 졸려서 이럴 것이다. 아직 저녁 식사도 하지 않았는데 벌써부터 이러면 곤란하다. 같이 놀아줄 만한 마땅한 것이 없나 하고 아이를 달래 보지만 좀체 호응을 하지 않는다.

아이는 매사가 귀찮은지 자꾸 할아비에게 몸을 기댄다. 내가 장난삼아 슬쩍 피했더니 거실 바닥에 넘어지고 말았다. 크게 다친 것도 아니고 그냥 가볍게 넘어진 것뿐인데 아이가 이내 울음을 터뜨린다. 엄밀히 말하면 일종의 '할리우드 액션'인 셈이다. 아이는 믿었던 할아버지가 저를 넘어뜨렸다고 생각하고 화가 치민 모양이다.

"나 지금 생각 주머니가 깨질 뻔했잖아?"

아이는 제 머리를 다쳤다며 강력하게 항의한다. 그리고 한 술 더 떠서 할미에게 원정을 청한다.

"할머니, 할아버지가 나를 다치게 했으니까 바꿔버려!"

아이의 이런 생각이 재미있는지 할미도 거들고 나선다.

"그러면 머리가 허연 할아버지로 바꿀까, 머리털이 없는 할아버지로 바꿀까?"

"아니, 그런 할아버지들은 싫어. 우리 할아버지처럼 검은 머리 할아버지가 좋아."

요런 맹랑한 놈을 보았나? 제 맘에 안 든다고 할아비를 집에서 쫓아낼 궁리를 하다니…

"너, 아침에는 할아버지가 세상에서 제일 좋다고 했잖아?"

"그래도 싫어. 할아버지를 바꿔버리고 싶어!"

아이는 예측한 대로 저녁을 먹자마자 곤한 잠에 빠져들었다. 그래도 내일 아침 눈을 뜨면 제일 먼저 할아비를 찾을 게다. 언제 그랬었냐는 듯 할아비 품에 안기며 속삭일 것이다.

"나는 하빠가 제일 좋아. 엄마 아빠보다 하빠가 훨씬 더 좋아!"

아가, 오늘밤에도 부디 예쁜 꿈을 꾸렴!

할아비는 잠든 아이의 식은땀을 닦아 준다.

2014. 3. 14

하빠를 제일 반가워해요

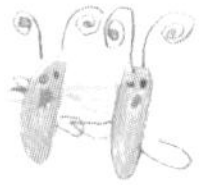

유수는 하루도 안 빼고 아침마다 할아비를 찾아온다. 출근 준비에 바쁜 제 어미의 사정은 아랑곳하지 않고 날마다 할아비에게 데려다 달라고 조르는 통에 어미는 양쪽 집을 오가느라 아침마다 종종걸음이다. 집안에 들어서면 옷은 물론 양말까지도 벗어던짐으로써 어린이집에도 안 가고 할아비와 놀겠다는 의지가 확고하다.

그러니 아이를 어린이집에 보내기까지는 아침마다 전쟁을 치러야 한다. 그렇다고 안 보내자니 우리 부부가 아무 것도 할 수가 없다. 아이의 이런 마음이 언제쯤이면 좀 풀릴까 걱정이 이만저만이 아니다. 더구나 요놈은 제 언니와는 비교도 할 수 없을 만큼 막무가내다. 언니는 다소곳하고 천생 여성스러운 성격이지만 요놈은 아주 대조적인 왈가닥이다. 반드시 전통적인 여성스러움이 미덕은 아닌 세상이지만 조금은 걱정이 앞선다.

오늘도 겨우 아이를 달래 어린이집에 보냈다. 요즘은 아이에게 잘 통하는 말이 몇 가지 있다. 그래서 아이를 달랠 때 자주 써먹곤 한다.

"유수야, 이따 하빠가 데리러 올게. 고모 집에도 놀러 가자."

아이는 이 말들을 참 좋아한다. 그래서 제 스스로 먼저 그 말을 꺼내기도 한다. 오늘은 어린이집 끝날 시간에 할미가 데리러 갔었다. 귀가한 할미가 어린이집 교사에게서 들은 말을 그대로 전해 준다.

"유수는 엄마가 데리러 오면 제일 싫어해요. 하빠가 데리러 오는 걸 제일 좋아하는 눈치예요."

하더란다. 그러면서 오늘 데리러 온 할미를 보자 조금 서운해 하는 기색을 보이더라고 말한다. 그러고 보니 언제부턴가 유치원 사람들도 할아버지라는 호칭 대신 하빠라고 부르는 구나.

이제 아이는 어미를 찾지도 않는다. 어미가 퇴근길에 우리 집에 들러도 아는 체도 하지 않는다. 아예 할아비 집에 눌러앉겠다는 태도다. 저녁 무렵 제 부모들이 아이를 데려가려면 안 가려고 울며불며 보채는 통에 된통 애를 먹어야 한다. 아이는 할아비 집에 눌어붙어 사는 제 언니가 부러운가 보다. 어떻게든 구실을 만들어 제 집으로 돌아가지 않을 궁리에 골몰한다. 가장 자주 써먹는 방법은 옷을 벗어 버리는 것이다. 옷을 벗으면 제 부모가 쉬이 데려가지 못하리라는 계산이다. 또 안방으로 들어가 문을 닫아버리는 습관도 생겼다. 심지어는 별별 꾀를 다 내기도 하는데,

"할아버지 졸려."

하며 침대에 올라가 이불을 덮고 자는 척하기도 한다. 아이의 마음이야 빤하다. 다시 예전처럼 할아비 집에서 여섯 식구가 같이 살고 싶은 게지.

불쌍한 우리 아가 마음을 어떻게 달래 줘야 하지?

2014. 3. 19

지금 눈물 날 때가 아닌데?

어제는 서울 사는 처형의 큰딸 결혼식이 있어 식구들이 모두 서울 나들이를 했다. 조카인 그 애가 어릴 때부터 워낙 각별하게 지내는 처지라 모두 기쁜 마음으로 서울 가는 버스에 올랐지만 세 살짜리 유수와 이제 겨우 넉 달밖에 안 된 외손자 '담'이까지 동행하여 요놈들이 보채는 바람에 버스에 탄 사람들이 불편을 감수해야 했다.

그렇게 고된 하루를 겪은 탓에 여독이 풀리지 않아 좀 쉬고 싶은데 유수 녀석이 나를 그냥 놔둘 리가 없다. 11시쯤 되자 어김없이 할아비를 찾아왔다. 그런데 이번에는 장모님까지 우리 집을 방문하고 싶다는 전갈이다. 장거리 출타를 할 수 없을 만큼 건강이 좋지 못한 분이라서 큰 외손녀 결혼식에도 참석하지 못했는데 그게 마음에 걸리시는지 대신 우리 집에라도 와야겠다고 하신다.

외손자들도 대부분 장모님 손으로 키우셨던 터라 그 정이 각별하신데 큰외손녀 결혼식에 참석하지 못한 걸 심하게 자책하시는 것 같다. 요즘은 노환으로 마음까지 약해지셔서 우리라도 그분을 위로 해 드려야 할 처지다.

마당에 둘러앉아 오찬도 같이 나누고, 모처럼 따뜻해진 날씨로 봄날의 정취에 흠뻑 취해 식구들 모두 기분전환이 된 것 같다. 아이들이 비눗방울 놀이를 하고 떠들며 마당에서 뛰어노는 모습을 보니 집안에 활기가 넘친다. 장모님도 아이들 때문에 울적했던 마음이 서서히 풀리시는지 내내 웃음을 머금고 계신다.

놀다 지친 아이들은 늘어지게 낮잠까지 잘 자고 일어났다. 저녁때가 되자 장모님도 처가로 돌아가시고 아들 내외와 가기 싫다는 유수마저 제 집으로 돌아갔다. 이제 집에는 다시 할미와 할아비와 휘수 셋만 남았다.

저녁상을 물린 뒤에는 전에 늘 하던 대로 할미와 휘수의 길고 긴 대화가 시작된다. 할미는 귀찮지만 되도록 아이의 말을 많이 들어주려고 애를 쓴다. 할미는 아이가 먹고 싶어 하는 철 이른 비싼 수박까지 내왔다. 수박씨를 발라 주며 한껏 다정한 말투로 아이를 어른다. 이때 아이가 할미에게 하는 말을 들어 보니 기가 차서 입이 다물어지지 않을 지경이다.

"그런데요… 할머니네 엄마 말이에요. 그 (진외)증조할머니랑 할머니는 왜 같이 안 살아요?"

"응, 할머니가 하빠랑 결혼해서 따로 떨어져 사는 거란다."

"그래요. 그런데 지금 눈물 날 때가 아닌데 왜 눈물이 나오지?"

장모님은 오랜 노환으로 몸피가 밭아서 누가 보아도 병색이 완연한 모습인데 아이의 눈에도 그 모습이 가련하게 비치는가 보다.

아이는 아마도 몸이 불편하신 증조할머니가 불쌍해서 그렇게 생각하는 모양이다. 아이의 마음이 궁금해서 물어보았다.

"너 왜 눈물이 나오려고 했지?"

"증조할머니가 심심하실 것 같아서요. 제가 가서 같이 놀아드려야 겠어요."

누굴 닮아 이렇게 마음까지 고울까?

2014. 3. 23

하빠, 또도기 갈아 주세요?

유수는 오늘 아침에도 어김없이 우리 집을 찾아왔다. 아이 어미는 아직 잠도 덜 깬 아이를 차에 태우고 와서 집에 내려놓고 출근한다. 아침마다 이게 무슨 고생인지 모르겠다. 어미도 힘들고 아이도 잠이 모자라니 얼마나 힘들까? 이제 날씨가 좀 풀려서 그나마 다행이긴 하지만, 어린이집에 바로 등원하지 않고 매일 할아비를 찾아오는 어린 것이 가여워 마음이 편치 못하다.

조금이라도 더 할아비와 같이 있고 싶어 어린이집이고 어디고 밖으로 나가기를 최대한 미적거리는 아이가 안쓰러워, 우선 내가 견디기 힘들다. 온 식구가 한집에서 같이 살면 간단히 해결될 테지만 이제는 돌이킬 수 없는 일이 되고 말았다. 현저한 세대 간 사고방식 차이를 감내하며 같이 지내기는 아무래도 무리일 것 같다. 손녀들을 그지없이 귀여워하지만 아들 내외의 자유로운 생활을 위해서라도 다시 합칠 수는 없을 것 같다.

이런 어른들의 갈등은 아랑곳하지 않고 아이들은 그저 할미 할아비와 같이만 있으면 만사가 해결되는 모양이다. 이제 아이들은 제 어미나 아비가 나타나는 걸 노골적으로 싫어하기까지 하는 지경이다. 아이들은 기를 쓰고 아파트로 돌아가지 않겠다고 버틴다. 심지어 잠꼬대 속에서도 "안 가."라는 말을 입에 달고 산다.

유수는 아직도 걸음걸이가 뒤뚱뒤뚱 불안정하다. 금방이라도 넘어질듯 보기에도 아슬아슬한 그 걸음걸이로 무엇이 그리도 바쁜지 쉴 틈이 없이 쏘다닌다. 양손을 심하게 내저으며 엉덩이를 씰룩거리며 걷는 모습이 마치 우리 동네 부지런한 어떤 할머니를 생각나게 한다. 잘 놀다가도 할아비가 안 보이면 아이는 금방 안색이 달라진다.

"없네, 없네! 하빠가 안 보여! 하빠가 없어졌나 봐!"

이 방 저 방을 부지런히 찾아다닌다. 왜 나를 찾을까?

"쌌어, 쌌어!"

아이의 다급한 목소리다. 아, 오줌이라도 싸서 할아비를 급히 찾는 게 틀림없다.

"하빠, 또도기 갈아 주세요?"

역시 나의 예측은 정확하다. 오줌을 싸서 기저귀를 갈아 달라는 말이다. 녀석은 할아비가 제 똥오줌을 치워 주어야 제일 편안한 모양이다.

아이는 기저귀라는 발음이 잘 안 돼 '또도기'라고 말한다. 아마 큰 아이가 그렇게 발음한다면 혀 짧은 소리 한다며 당장 놀림감이 되겠지만, 작은아이가 하는 말은 그마저도 귀엽고 사랑스러워서 절로 웃음을 자아내게 한다.

2014. 3. 24

봄 동산 둘러보기

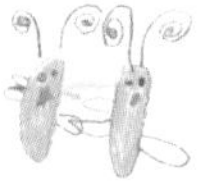

계절은 완연한 봄이다. 사람도 스치는 바람이 부드러운 걸 느끼는데 계절에 더 예민한 꽃과 나무들이야 오죽 알아서 제 몸을 깨울까? 우리 집에서 가장 먼저 꽃을 피운 건 산수유나무다. 작년까지만 해도 봄꽃치고는 좀 어설펐는데 올해는 제법 예쁜 모습이다.

또 3년 전 광양 매화마을에서 사온 묘목이 잘 자라서 올해는 예쁜 홍매화를 피웠다. 잎도 없이 고목 같은 나무에서 오지게 피어서 그런지 그 자태가 더욱 곱다.

그리고 순백의 목련도 활짝 피었다. 꽃이 질 무렵이면 볼 성 사납게 지저분하긴 하지만 그래도 막 필 때는 참 깨끗해서 좋다.

해마다 새들 차지가 되는 바람에 그 열매를 한 번도 먹어 보지는 못하는 체리나무도 일찍 피는 꽃 중 하나다. 지금 체리나무 근처에서는 벌떼들의 윙윙거리는 소리가 마치 자동차가 많이 다니는 큰길가 집처럼 요란스럽다.

또 머잖아 수선화도 오늘내일 자태를 드러낼 준비를 하고 있다. 귀여운 우리 유수의 생일에는 구경할 수 있을 것 같다. 아이가 처음 태어난 날처럼 그렇게 예쁘게 활짝 웃겠지?

유치원을 다녀온 휘수는 바로 집안으로 들어가지 않고 마당에서 꽃구경을 하자고 조른다. 유난히 꽃을 좋아하는 아이가 신나는 계절이 찾아왔다. 아이는 이제껏 익혀 두었던 나무와 꽃 이름을 겨울 동안에 대부분 잊어 먹었다. 아이가 이렇게 익히고 잊어 먹기를 몇 차례 반복하다 보면 아마도 몇 년 후에는 완전히 익힐 수 있을지 모르겠다.

며칠 전 아이가 가져온 유치원의 주간생활계획표를 보니 이번 주 목요일에는 '봄 동산 둘러보기'라는 프로그램이 들어 있었다. 한 마디로 산책을 한다는 말이다. 할아비와 마당과 연못가를 둘러보던 아이는 생각난 듯이 할아비를 졸라댔다.

"산책하는 날 유치원 친구들을 우리 집에 데려오고 싶어요."

"그래, 그것 참 좋은 생각이다."

"하빠, 그러면 유치원 선생님한테 이야기해 주세요."

"그럴게. 그런데 네 친구들이 몇 명이지?"

"으음, 스무 명이에요. 선생님까지 스물한 명이네!"

"알았다. 친구들에게 줄 과자랑 준비해 주마."

"과자는 한 명이 두 개씩은 먹어야 하니까 그렇게 준비해 주세요.

알았지요? 그리고 연못의 물고기 밥도 우리가 줄게요."

아이는 잔뜩 꿈에 부풀었다. 평소보다 더 열심히 꽃 이름을 익히고 물고기 사료를 준비해 두라는 말까지 잊지 않는다.

오늘 아침 버스를 몰고 온 유치원 관계자에게 이런 뜻을 전달했더니, 산책 코스가 우리 집 쪽이 아니라서 오늘은 곤란하니 다음 달에는 꼭 이쪽으로 계획을 잡겠다는 대답이다.

할미는 어린 손님들에게 대접하려고 준비를 단단히 했다. 달랑 과자만 먹여서야 되겠느냐며 음료수와 몇 가지를 더 사 오겠다고 했다. 할미도 나도 우리 손녀의 기를 살려 주는 일이라면 아무리 큰돈을 들여도 조금도 아깝지 않다고 생각한다.

이번에는 아쉽지만, 다음 달쯤 철쭉이 흐드러지게 필 무렵 휘수 친구들을 초대하면 그때는 우리 집이 더 고울 것이다. 나는 이 무렵의 우리 집을 '꽃 대궐'이라 부르곤 한다. 그래서 잠 안 오는 밤이면 식구들 몰래 혼자 마당에 나와 꽃구경에 취하곤 한다. 그때는 아이 손님뿐 아니라 멀리 사는 어른 손님들도 많이 초대하고 싶다.

나도 나지만 무엇보다도 친구들을 초대하고 싶어 하는 휘수의 기대가 무너져서 서운해 할 것 같다. 아이는 평소에도 유치원 가방에 먹을 것이나 책을 넣고 다니기를 좋아한다. 친구들에게 먹이고 싶고, 읽어주고 싶어 하는 것이 습관처럼 익숙한 아이이다. 그 또래라면 대개 제 욕심 차리기에만 급급할 나이인데 늘 남을 배려하려는 마음이 가상하다. 남에게 베풀기를 좋아하는 아이의 이런 마음은

다 우리 할머니의 유전자 탓이 아닌가 싶다.

2014. 3. 27

유수는 피아니스트

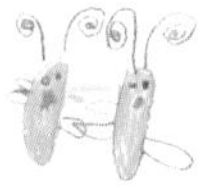

마침 일요일이라 할매와 휘수는 늘어지게 늦잠에 빠졌는데 나 혼자 아침 일찍 일어나 연못가를 살피러 나갔다. 오늘이 유수의 두 번째 생일인데 과연 연못가의 수선화가 활짝 피었는지 궁금해서다. 올해는 날씨가 따뜻해서 노랗고 예쁜 별 모양의 꽃들이 때맞춰 활짝 벌어졌다. 얼른 세어 보아도 서른 송이는 넘는다. 생일에 맞춰 꽃을 볼 수 있으리라는 예상은 했지만 직접 확인하고 나니 한결 기분이 좋다.

재작년 아이가 태어나던 날에는 수선화가 활짝 웃었는데, 작년에는 생일에 맞춰 꽃을 볼 수 없어서 참 아쉬웠다. 수선화는 그리 화려하지 않으면서도 깔끔하고 오래 피는 꽃인데다 몇 해 전 고향에서 가져온 터라 더욱 정이 간다. 그리스 신화에 등장하는 설화나 꽃말 따위에는 별로 관심이 없다. 꽃이 지고 나면 뿌리를 앞마당 화단에도 옮겨 심어 내년에는 더 많은 꽃을 보아야겠다.

저녁 무렵 식구들이 둘러앉아 조촐한 생일파티를 열었다. 주인공이 쓰는 고깔모자에다 생일 케이크까지 최소한의 구색은 갖춰 생일 기분을 냈지만 어쩐지 아이에게 미안한 마음을 숨길 수 없다. 요즘 시중에 떠도는 유행어 중에 아이 교육을 잘하는 첫 번째 요소로 '할아비의 경제력'을 꼽는다는데, 나는 그런 축과는 한참 거리가 먼 부끄러운 할아비에 불과하니 말이다.

어제는 마트에 들러 아이의 생일 선물을 장만했다. 무얼 살까 궁리 끝에 장난감 피아노를 골랐다. 보통 여자아이들 취향과는 조금 거리가 먼 애라서 더 신경이 쓰이긴 한다. 그렇지만 피아노라면 틀림없이 아이가 좋아할 만한 물건이다. 이미 제 언니가 쓰던 것이 하나 있긴 하지만, 새 것은 건반도 여럿이고 더 다양한 소리를 들을 수 있어 좋아할 게다.

추측한 대로 아이가 선물에 흡족해 하는 게 분명하다. 아이는 눈을 지그시 감고 머리를 한쪽으로 기울이더니 한껏 감정을 잡아 피아노 건반을 두드린다. 이 어린 것이 언제 어디에서 피아노 연주하는 장면을 보았기에 저런 자세가 서슴없이 나올 수 있을까?

아이는 피아노를 제 집에 가져가지 않고 할아비 집에 두기로 했다. 비좁은 소형 아파트가 방음이 잘 될 리가 없으니 이웃의 눈치를 많이 봐야 할 것이다. 할아비 집이야 매일 찾아오는 곳이니 이곳에서 실컷 두들겨도 시비 걸 사람은 없다.

세상에 나와 24개월 만에 할아비에게 피아노 연주까지 감상하게 해준 기특한 손녀가 예쁘고 짠해서 자꾸만 눈물이 맺힌다.

2014. 3. 30

2014년

4월

딸과 손녀

휘수는 바른 자세로 앉지 못하고 허리를 구부정하게 만드는 것이 버릇인데 보기에도 불안정해 보여 늘 거슬린다. 그러다 보니 잠깐도 진득하게 앉아 있지 못하고 몸을 비틀거나 주의력이 산만해지는 것 같다. 이러다 척추측만증 같은 나쁜 증세라도 생길까 봐 늘 마음이 조마조마하다. 작년에는 정형외과에 들러 사진을 찍어봤는데 의사 말이, "아직 어려서 조심스럽기는 하지만 교정을 시켜 주는 운동요법을 권하고 싶다."는 진단을 내렸다. 또 다른 사람들은 운동요법이 자칫하면 여린 아이의 몸에 무리가 될 수 있으니 신중을 기하라는 충고를 하기도 했다.

지금 이 단계에서 도대체 어떤 방법이 더 적절한지 알 수 없어 걱정만 쌓여 갔다. 이리저리 수소문하다 할미가 귀에 솔깃한 처방하나를 시도해 보자고 한다. 누군가의 딸도 이와 비슷한 증상이 있었는데 발레 학원에 보냈더니 효과를 보아서 자세가 좋아졌다는 경험담을 듣고 한껏 고무된 모양이다.

생각해 보니 적어도 아이의 신체 발달에는 도움이 되지 않을까 싶어 가벼운 마음으로 발레 학원에 보내기로 결정했다. 이래서 아이는 생애 처음으로 과외 학습을 하게 된 셈이다. 별도로 돈이 들어가는 건 조금도 아깝지 않지만, 아무래도 아이가 유치원 외에 또 다른 학습에 내몰리는 것 같아 마음이 그리 편치는 않다. 머잖아 초등학교에만 들어가도 여러 가지 학습 부담 때문에 시달릴 텐데 벌써부터 이렇게 하는 게 과연 잘하는 일인지 모르겠다. 그래도 아이는 평소에도 춤추기를 참 좋아하니 놀이 하나가 더 늘었다고 생각하면 이래저래 무방할 일이다. 일주일에 이틀 정도씩 시간을 내면 된다고 한다. 아이는 연분홍 발레복을 입어 보며 오래 전부터 바라던 소원이 이루어진 것처럼 들뜬 모습이다. 하늘하늘한 옷이 마치 잠자리 날개처럼 가벼워 보인다. 아이의 호리호리한 몸매와 자그마한 얼굴이 전형적인 발레리나처럼 어울리는 것 같다는 생각도 해 본다.

아이는 오늘 처음 발레 학원에 다녀왔을 뿐인데, 다리를 어깨 높이까지 올려 보기도 하고 두 다리를 벌려 방바닥에 닿게 하는 자세를 취하며 자랑을 늘어놓는다.

"할아버지, 선생님이 그러시는데, 제 자세가 참 좋다고 칭찬해 주셨어요."

그렇다고 아이가 나중에 커서까지 무용을 하리라는 생각은 별로 안 든다. 아이들이야 한때 좋아하다 금방 시들해지기 마련이니까.

한 30년 전쯤 딸을 키우던 때가 생각난다. 딸도 손녀만 하던 시절에 발레를 하고 싶다며 무용 학원에 보내 달라고 조른 적이 있었다. 그때 그냥 건성으로 흘려버렸는데 지금 생각하니 딸에게 참 미안한 일이다. 지금 딸도 그걸 기억하고 있을까? 아빠는 손녀만 예뻐하고 딸의 부탁은 들은 체도 하지 않았다고 서운해 할지도 모르겠다. 그러고 보니 제 고모와 많이 닮은 손녀의 얼굴에서 딸의 여섯 살 시절 모습이 엿보인다.

2014. 4. 3

나도 불쌍해!

날씨가 널뛰기를 한다. 예년 같으면 봄꽃들이 피는 것에도 순서가 있었는데 올해는 아예 그걸 무시하고 여러 꽃들이 한꺼번에 피어버린다고 사람들이 의아해 한다. 날씨는 물론 세상만사가 순리대로 돌아가야지, 그에서 어긋나면 탈이 나고 말 것이다.

며칠 전까지만 해도 초봄 날씨치고는 덥다 싶을 만큼 연일 20도를 훌쩍 뛰어넘는 초여름 분위기였다. 이러다 봄을 건너뛰는 건 아닌가 싶더니 지금은 기온이 뚝 떨어져 제법 차가워진 바람에 사람들의 일상이 움츠러들고 말았다.

이럴 때면 면역력이 약한 늙은이와 어린아이들이 가장 먼저 반응을 보이게 마련이다. 특히 유치원 같은 집단생활을 하는 아이들에게는 예외 없이 감기가 찾아온다. 작은아이가 콧물감기로 시달리더니 곧바로 제 언니에게 옮았고 또 어른들에게도 전염되고 말았다.

오늘 아침에도 두 아이를 데리고 병원을 찾았다. 이른 아침인데도 동네 소아과는 아이들로 북적대느라 대목 만난 장터를 방불케 한다. 여기저기에서 아이들의 콜록거리는 소리가 걱정스럽고 귀에 몹시 거슬린다. 흔히 병원에서 감염된다는 말을 실감할 정도로 병원 다니는 일이 꺼려지지만 감기에 시달리며 콧물을 달고 사는 아이를 보면 우선 병원 말고는 달리 찾아갈 곳이 없다.

처음에 아이들은 병원 가는 걸 그리 좋아하지 않았다. 얼마 전까지만 해도 작은아이는 의사를 보자마자 울음을 터뜨렸는데, 말귀를 알아듣기 시작한 지금은 의사 앞에서도 울지 않고 잘 버틴다. 물론 하도 자주 드나들다 보니 학습 효과 탓일 수도 있다. 약만 잘 먹으면 주사를 맞지 않는다는 어른들의 말이 겪어 보니 틀림없는 사실이었기 때문이다. 또 병원 갔다 오는 길에 빵집이 눈에 띄면 할머니가 후하게 인심을 쓰는 것도 빠뜨릴 수 없는 쏠쏠한 재미 중에 하나다. 그래서 이제는 병원 가는 게 그리 두렵지 않은가 보다.

그렇지만 아이들 둘을 데리고 병원 드나드는 일이 그리 만만한 일만은 아니다. 우리 부부 둘이서 달라붙지 않으면 감당하기가 쉽지 않다. 잠시도 가만히 있지 않으려는 아이들의 습성상 어른들의 주의력이 게으름을 피우면 변통이 생기기 십상이다. 그래서 다들 아이 하나에 어른 한둘씩은 붙어 오게 마련이다. 만약 둘이 아닌 혼자 이 아이들을 돌봐야 하는 상황이라면 도저히 감당해 낼 자신이 없다.

오늘 아침도 아이들 챙겨 집을 나서고 병원과 약국을 거쳐 빵집까지 돌아 유치원과 어린이집을 전전하다 보니 어느덧 오전 시간이 훌쩍 지나가 버렸다. 이렇게 긴장 속에 몇 시간을 보내고 나면 온몸에 피로가 몰려온다. 아무래도 오늘은 헬스장 가는 건 생략해야겠다.

저녁이 되자 아이들이 모두 돌아왔다. 오늘도 몸이 편치 못한 아이들은 유치원이나 어린이집에서 얼마나 힘들었을까? 교사들 눈치 보느라 마음대로 어리광을 피우지도 못하고 지냈을 아이들이 안쓰러워 마음이 무겁다. 그런 스트레스를 집에 돌아와 풀어버리려는 듯 아이들은 잠시도 할아비를 가만히 두지 않는다. 평소보다 더 바짝 달라붙어 어리광을 피운다. 더구나 아이들은 자매가 둘이 있을 때면 할아비의 사랑을 독차지하려는 경쟁이 더 심하다.

작은아이는 노는 동안에도 어떡하든지 이 집에 오래 머무를 구실만 찾는다. 입고 있던 옷이나 양말 따위는 최대한 더 벗어버리고, 할아비에게 업어 달라고 조르면서 2층으로 올라가자고 꾀를 부린다. 그러니까 피신을 하는 것이다.

저녁밥까지 먹고 제 집으로 돌아갈 시간이 되었다. 할아비 집을 떠나지 않으려는 작은놈을 억지로 차에 태우려는데 아이가 얼마나 울며 버티는지 이러다 혹시 자해라도 할까 봐 걱정스럽다. 차에 태우지도 못하고 다시 집안으로 되돌아왔다. 아이가 잠들기를 기다려 슬쩍 데려가는 수밖에 없을 것 같다.

이제 새롭고 큰 걱정거리가 하나 생겼다. 언니와는 비교할 수 없이 고집이 세고 왈가닥인 아이를 어떻게 달랠 것인가? 매일 제 집으로 돌아갈 때마다 이렇게 홍역을 치러야 할 텐데 이걸 어떻게 풀어야 할까?

동생이 할아비 집을 떠나지 않으려고 힘들어 하는 모습을 볼 때마다 큰아이도 마음이 불안해지는지 안방으로 숨어버리곤 한다.

동생이 돌아가고 난 뒤 큰아이에게 물어보았다.

"휘수야, 동생이 불쌍하지 않니?"

"불쌍하긴 한데, 나도 불쌍해!"

아이는 할아비가 저보다 동생에게 더 마음을 쓰는 게 못마땅한 모양이다.

"아니 너는 할머니 할아버지랑 같이 사는데 무엇이 불쌍해?"

이 말에는 대답이 궁한지 한참을 망설이더니, 전혀 엉뚱한 대답이 나온다.

"저는요, 먹고 싶은 통닭도 못 먹잖아요?"

"아니 그게 무슨 말이야? 먹고 싶다면 할아버지가 사 줄게?"

"할아버지는 기름기 많다고 많이 못 먹게 했잖아요?"

"그래. 뭐든지 너무 많이 먹는 건 좋은 게 아니란다. 적당히 먹어야 하는 거야. 할아버지가 내일 사 줄까?"

"아니요. 유치원 안 가는 날 사 주세요. 오늘이 월요일이니까 다섯 밤만 자면 되겠네?"

아이는 할아비의 기분을 녹여내는 재주가 각별하다. 어쩌면 그리도 할아비 마음을 콕콕 짚어내는지 놀라울 따름이다. 할아비와 이런 이야기를 나누는 것에 적이 안도감이 드는지 이내 편안한 얼굴이 된다.

이윽고 할아비 품으로 꼭 안기며 재잘대던 입을 다물었다. 제발 오늘밤에는 어젯밤처럼 그렇게 콜록대며 뒤척이지 말고 편안하게 잠이 들기를 가만히 빌어 본다.

2014. 4. 7

자연을 사랑하는 사람으로

심한 감기로 시달리던 휘수가 어제보다는 몰라보게 차도를 보인다. 유치원과 발레 학원을 다녀오더니 표정이 한결 밝아졌다. 날씨도 다시 봄을 되찾아 부드러운 바람이 기분 좋게 얼굴을 간질인다.

집안에 있는 것보다 바깥공기가 훨씬 따뜻해서 아이와 마당으로 나왔다. 아이는 할아비와 같이 그네에 앉아 도란도란 이야기 나누기를 참 좋아한다.

나는 틈만 나면 아이에게 나무와 꽃 이야기를 들려준다. 그리 깊은 뜻까지야 아니더라도 아이에게 자연친화적으로 살아가게 하려는 할아비의 마음을 전한다. 아직은 어리지만 언젠가는 아이도 깨우치게 되리라. 오늘은 아이에게 그동안 생소했던 나무 이름을 가르쳐 주었다. 뜰에 심어진 천연기념물 '호랑가시나무'와 '꽝꽝나무'를 들먹이자 아이는 그 이름이 재미있는지 파안대소를 한다. 그리고 혼잣말로 나무 이름을 여러 차례 되뇌어 본다.

그러다 아이의 시선이 한 나무에 멈춘다. 지금 그 나뭇가지에는 개 형상의 인형 하나가 올라앉아 있다.

"하빠, 저기 '부라우니'가 앉아 있네! 왜 저기에 올라갔지?"

한때 늑대처럼 생긴 브라우니 인형이 유행한 적이 있었다. 값싼 중국산 인형이 유해 물질에 오염되어 있다는 보도가 나온 뒤 버리려고 하다가, 체리 열매를 따 먹는 새를 쫓으려고 그곳에 올려놓았던 것이다. 그 인형은 체리 열매가 열리기 시작하던 작년 여름부터 가을과 겨울의 비바람과 눈을 맞아가며 꿋꿋하게 그 자리를 지키고 있다.

그러니까 10년 전 이 산골에 집을 짓고 이사 올 무렵이었다. 친하게 지내던 최 교수가 입택 선물로 보내온 것이 바로 체리나무 묘목이었다. 그의 정성이 고마워서 마당 한편 양지바른 곳에 심었는데 체리나무는 별 탈 없이 잘 자라 3년 쯤 지나자 열매가 달리기 시작했다. 그런데 많이 열리는 건 둘째 치고 채 익기도 전에 눈치 빠른 새들이 그걸 그냥 두지 않았다.

체리가 익을 무렵이면 어김없이 새들이 몰려와서 그야말로 싹쓸이를 해버리곤 한다. 내자와 며느리는 그게 아까워서 발을 동동 구른다. 심지어 그들은 새 쫓는 일에 소극적이라면서 가장을 원망하기도 했다. 성화에 못 이겨 마지못해 그물망도 쳐 보고 허수아비도 세워 보고 방울도 달아 보았지만 다 소용없었다. 그것이 부질없는 짓이라는 걸 나는 이미 잘 알고 있었다.

흔히 사람들은 머리가 나쁜 사람을 일컬어 '새대가리'라고 비하하곤 한다. 그렇지만 새들은 결코 그렇게 만만한 존재가 아니다. 갖가지 방법을 다 동원해도 새들에게는 통하지 않았다. 결국은 사람이 손을 들고 말았다.

체리뿐만이 아니다. 덩굴이 타고 올라가기 좋게 돈을 들여 아치형으로 시설까지 해 놓고 야심차게 심어 놓은 참다래나무도 한 알도 맛을 볼 수가 없다. 작년부터는 새들이 앵두열매까지도 입맛을 들이기 시작했다. 우리가 사는 산골이 새들에게는 낙원이나 다름없다. 이 산골에는 온갖 과일의 열매와 풀씨들이 지천으로 널려 있으니 새들의 먹잇감으로는 그만이지 않을까?

그래, 어찌 사람이 새들과 먹을 것을 두고 다투겠는가? 애초에 자연이란 모든 생명체가 공유하는 게 순리이지 않나. 어쩌면 욕망으로 그득한 인간의 허물이 훨씬 더 크겠지. 흔히 가수들이 부르는 노래를 들으려면 비싼 돈을 지불해야 하지만 아무리 뛰어난 성악가의 노래라도 자연이 들려주는 음악에는 미치지 못한다. 그러니 노래 값도 내지 않고 순전히 공짜로만 들으면서 새들의 밥까지 빼앗으려는 사람의 욕심이 과한 게지. 새들이 들려주는 자연의 노래를 듣는 것만으로도 사람은 크나큰 호사를 누리는 게 아니겠는가! 우리 손자들도 이 아름다운 자연 속에서 아름다운 마음을 가꾸고 자라 자연을 사랑하며 살게 되기를 빌어 본다.

2014. 4. 8

언니야, 같이 가자!

오늘은 장인의 기일(忌日)이다. 내가 결혼하자마자 돌아가셨으니 벌써 35년 전이다. 세월이 흐르면 사람들의 관심과 기억도 희미해지게 마련인가 보다. 언제부터인지 고인의 기일에 직계 자손들마저도 하나둘 빠지게 된 것이 별로 어색한 일이 아니다. 그래도 나는 처가와 가까운 곳에 사는 바람에 처가 행사에는 꼬박꼬박 참석하곤 한다.

퇴근이 늦은 아들과 며느리가 같이 참석할 수 없어서 대신 우리 내외가 두 손녀들을 데리고 처가를 찾았다. 영문을 모르는 아이들은 그저 신이 났다. 거기에 가면 아이들로부터 크게 환영 받는 '떵 할아버지'가 있기 때문이다. 가는 동안에도 차창으로 아파트만 보이면 떵 할아버지네 집이라며 소리를 질러댔다. 철모르는 아이들은 정신연령 높이가 딱 맞는 처남과 같이 장난치고 노는 재미에 흠뻑 빠져 그 집을 떠나려고 하지 않는다. 겨우 달래서 데리고 나오는 길에서도 아이들은 내일 또 다시 오자고 아쉬워한다.

귀가하는 길에 작은놈을 아들네 아파트에서 내려 주었다. 아이는 차에서 내리지 않으려고 버티며 울어댄다.

"안 가, 안 가, 안 갈 거야."

제 어미가 데리러 내려왔지만 어미에게는 가지 않겠다며 내 품을 파고들었다. 감기 기운도 심하고 밤도 깊어 가는데 하는 수 없이 떨어지지 않으려는 놈을 제 어미에게 보내야 했다.

아이는 차에 타고 있는 제 언니를 향해 구슬프게 울어댄다.

"언니야, 같이 가자!"

언니라도 같이 가 주면 좋겠는데 차 안의 언니는 고개만 푹 숙인 채 아는 척도 하지 않는다. 큰놈은 혹시라도 저더러 아비 집으로 가라고 할까 봐 그걸 더 걱정하고 있다.

작은아이의 처량한 울음소리를 뒤로한 채 집으로 향하는 노부부의 얼굴에도 수심이 그득했다. 물론 큰아이의 마음도 편치 못하기는 마찬가지였으리라.

가고 싶은 곳으로 못 가고 보고 싶은 사람과 같이 있지 못하는 아이의 슬픔을 어떻게 달래 주어야 할까!

2014. 4. 9

아가 얼마나 아팠니? 1

발레 학원 승합차에서 내리는 휘수가 얼굴에 눈물범벅이 된 채 울고 있다. 영문을 몰라 왜 그러냐고 물어보지만 서럽게 울기만 하며 말을 잇지 못한다. 학원 차를 운전한 아주머니는 아이의 울음 따위에는 관심도 없다는 듯이 무덤덤한 표정으로 입을 다물고 있다. 참 무심한 사람이라는 생각이 들었지만 도대체 어찌된 일인지 내막을 알 수가 없으니 답답하기만 하다.

우선 아이를 달래며 집안으로 데려왔다. 서러움이 북받치는지 아이의 울음이 쉬이 그치지 않고 이어진다. 속이 상하지만 아이의 마음이 누그러질 때까지 기다려 자초지종을 알아보니, 동승한 어떤 아이가 차안에서 여러 차례 꼬집었다고 한다. 꼬집혔다는 왼편 얼굴 쪽을 살펴보니 푸릇푸릇한 멍 자국이 완연하다.

학원 폭력이 당사자와 가족 등 여러 사람에게 얼마나 큰 후유증을 남기는지 나는 그 사태의 심각성을 너무도 잘 알고 있다.

여리디여린 성장기에 아이들이 겪는 학교 폭력 피해는 신체적 피해 못지않게 정신적으로도 평생 동안 지워지지 않는 상처를 남긴다. 따라서 우리 사회에서 반드시 추방해야 할 악습 중의 악습이라 생각한다.

이건 엄연한 학교 폭력이다. 학원 차 안에서 내 손자가 그런 폭력의 피해자가 되다니, 말로만 듣던 개념의 실체가 내 손자에게 이렇게 가까이 다가올 줄이야! 치솟는 분노로 명치끝이 꽉 막힌 것처럼 답답하다. 이 사실을 안 할미도 깊은 상심의 늪에 빠지고 만다. 이 어린 것이 얼마나 마음이 아플까? 누가 큰소리만 내도 좌불안석이 되는 마음 여린 아이가 얼마나 놀랐을까? 사노라면 별별 힘든 일도 겪게 마련이지만 어린 것에게 벌써 이런 일을 당하게 하다니 잘 지켜주지 못한 자책으로 속이 상해 죽겠다. 세상을 사노라면 어지간한 일은 스스로 삭일 줄도 알아야 하겠지만 너무 큰 충격을 받으면 그 후유증에 오랫동안 시달릴 수도 있는데…

아이는 밥술도 거의 뜨지 않았다. 자꾸 그때의 악몽이 되살아나는지 말만 걸어도 울음보가 터진다. 아이를 겨우 달래서 일찍 재웠다. 밤 10시가 다 되자 뒤늦게 소식을 들은 아이의 부모와 작은아이가 찾아왔다. 자는 모습을 들여다본 부모들도 속이 상해 더는 말문이 막히고 만다. 물론 걱정이 돼서 찾아왔겠지만 이 밤중에 작은아이까지 데려오면 다시 돌아갈 때 힘들어 할 걸 왜 생각하지 못하는지 이래저래 속이 상한다.

내일 날이 밝으면 발레 학원을 찾아가 엄중하게 따져야겠다. 학원이라는 곳이 단순히 춤만 가르치는 걸로 생각한다면 너무 무책임한 처사다. 공교육이건 사교육이건 교육이란 단순히 작은 지식을 전하는 일로만 한정해서는 안 된다. 비록 예능의 한 부분일지라도 전심전력으로 가르침을 주고받는 그런 본래적 의미의 교육이 이루어지기를 기대하는 것이 지나친 욕심일까? 아이가 귀가할 때까지는 학원 측이 아이의 안전을 책임져야 하는데, 차 안에서 무슨 일이 일어나는지, 아이가 안전하게 하차했는지 보살펴야 할 사람의 임무를 다했는지 답답하기만 하다.

가해자가 아무리 철없는 아이라지만 이는 반드시 짚고 넘어가야 한다. 그 아이의 부모에게도 무거운 책임을 물어야 한다. 어린아이라고 지금 그 허물을 덮어버리면 나중에 성인이 돼서도 그 못된 버릇을 반복하게 될 것이다. 아이들 사이에서 일어난 일에 과민 반응을 보인다고 말하는 사람이 있다면 나는 당장 그의 따귀를 갈겨줄 것 같은 기분이다.

깊은 밤, 나는 잠을 이룰 수가 없다. 저 작고 여린 것이 얼마나 놀라고 아팠을까? 잠든 모습이 오늘따라 더욱 처량해서 속으로 피눈물을 흘린다. 제발 앞으로 다시는 이런 일을 당하지 말고 순탄하게만 살기를 빌어 본다.

2014. 4. 10

아가, 얼마나 아팠니? 2

하룻밤을 지나도 피해의 흔적은 여전하다. 휘수의 얼굴을 바라볼수록 치솟는 분노를 참을 수가 없다. 내자는 혹시라도 아이가 더 따돌림을 받을까 봐 학원 측에 더 이상 항의하는 걸 극구 말린다.

젊어서 부잡스럽게 놀던 사람도 나이 들면 속도 차리고 그 성질을 죽인다고 한다. 또 세월이 흐르면 다들 조금씩은 둥글둥글해지게 마련이라고도 한다. 그렇지만 불의를 보면 자제력을 보이지 못하는 내 성미는 늙어서도 전과 조금도 다르지 않으니 늙은 내자를 가슴 졸이게 하는 버릇도 여전하다. 내자가 아무리 말려도 이건 도저히 묵과해서는 안 되겠다는 판단이라 직접 찾아가는 대신 전화라도 걸어야 할 것 같았다.

학원 관계자에게 자초지종을 설명하고 엄중하게 메시지를 전달했다. 학원 내에서는 물론 이동간의 차 안에서도 아이들 보호와 지도에 힘을 쏟으라는 주문과 함께 재발 방지를 다짐 받았다.

등 · 하원 하는 차량 안은 엄연히 학원의 연장이라는 사실을 간과하고 있는 관계자들의 무심한 태도가 정말 괘씸하다. 책임자는 거듭거듭 사죄를 구하지만 왠지 그리 믿음이 가지 않는다. 아마도 소규모 학원이라 별도의 인원을 고용할 형편도 안 될 것이다. 그렇다면 어디 마음 놓고 아이를 맡길 수 있을까? 잘 모르긴 해도 우리나라 사설 교육기관의 실태가 그리 신뢰할 만한 수준에는 이르지 못하리라는 생각이 미치자 더욱 마음이 어두워진다.

앞으로 상급 학교에 진학하면 원치 않더라도 더 많은 사설 교육기관을 기웃거려야 할 텐데 참으로 걱정이 앞선다. 생각이 꼬리를 물자 공교육의 역할을 제대로 하지 못하는 무능한 우리나라의 교육정책이 참으로 못마땅하고 원망스럽다.

또 학교 폭력 문제도 그렇다. 학원 내에서는 교사나 관계자들이 사명감을 가지고 보살피면 될 테고, 가정에서는 부모나 가족들이 따뜻하게 정성을 기울이면 문제될 것이 없다. 그러니 분명 타인에 대한 무관심과 게으름만 피우는 무사안일주의가 일을 이 지경까지 몰고 왔다고 본다.

나는 평소에도 우리나라에서 가장 잘못 돌아가고 있는 문제 중 하나가 부실한 교육이라고 생각한다. 인간의 가장 값진 가치가 무엇인가? 두말할 필요도 없이 그것은 후세들이 잘 사는 세상을 만드는 것일 게다. 그런데 미래의 주역에 대한 배려와 투자가 너무도 인색하고 실망스럽다. 위정자들은 왜 이 문제 하나도 속 시원하게 풀지 못하는지 참으로 개탄스럽다.

아가, 사랑하는 우리 아가… 너 하나 제대로 지켜 주지 못하는 무능한 할아비가 미안하고 또 미안하구나!

2014. 4. 11

왜 겨울바람처럼 불지?

어른도 월요병에 걸리듯이 아이도 월요일이면 더욱 힘들어 한다. 사흘 동안 집에서 빈둥빈둥 잘 놀다가 유치원에 가면 선생님이나 친구들 눈치도 살펴야 하고 무엇보다 집에서처럼 편한 복장이 아니어서 힘이 들 게 빤하다.

유치원에서 돌아온 아이는 배도 고프고 기운도 없는지 자꾸 먹을 것을 찾는다. 아이는 제가 좋아하는 간식거리가 없어서 서운한 모양이다. 난데없이 한과를 찾는다. 아이가 말하는 한과란 주로 뻥튀기 따위를 말하는데, 뻥튀기 장수는 우리 동네에 매일 찾아오지는 않는다. 어쨌든 아이를 달래려면 가게가 있는 아랫마을로 내려가야 한다. 아이가 할아비와 함께 나들이하기를 좋아하는 건 단순히 먹을거리가 생겨서만은 아니다. 아이는 할아비와 손을 잡고 걸으면서 도란도란 이야기 나누는 걸 무척 좋아한다. 이때는 온갖 어리광을 피워도 할아비가 다 받아 준다는 걸 잘 알기 때문이다.

아이는 할아비를 잡아끌고 마트로 들어간다. 먹고 싶은 걸 골라 보라고 하자 아이는 주저 없이 사탕과 과자 몇 가지를 고르더니, 이번에는 엉뚱하게도 캔 커피를 하나 집어 든다. 할아비가 놀라서 묻는다.

"아가들이 그런 걸 먹으면 안 좋은데?"

하고 말렸더니 아이는 그런 말이 나올 줄 알았다는 듯이 웃음을 머금은 채 대답한다.

"알아요. 제가 먹으려는 게 아니고 우리 선생님 갖다 드리려고요. 선생님이 이 커피를 잘 마시거든요."

저를 예뻐해 주는 선생님에게 꼭 대접을 하고 싶어서 평소 선생님이 좋아하던 음료수를 눈여겨보아 두었던가 보다.

아이는 나들이 내내 할아비 손을 꼭 잡고 걷는다. 손녀와 나들이할 때마다 둘이서 꼭 해야 하는 몸짓이 하나 있는데 아이는 오늘도 그걸 하고 싶어 한다.

할아비는 그게 뭔지 다 알면서도 짐짓 모른 척하고 있다. 기회를 엿보던 아이가 참다못해 입을 연다.

"지금은 봄인데 왜 이렇게 겨울바람처럼 불지?"

하며 옷깃을 여미는 시늉을 한다. 오늘은 날씨가 따뜻해서 완연한 봄 날씨인데 느닷없는 겨울바람 탓을 한다.

아이는 지금 업어달라는 말을 하고 싶어서 그런 것이다. 휘수는 이런 아이다. 어린 것이 직접적인 표현보다는 에둘러 말을 할 만큼 어휘 구사 능력이 뛰어나다. 이런 놈에게 녹아나지 않을 할아비가 있겠는가? 여섯 살이나 먹은 녀석이 창피한 줄도 모르고 할아비 등에 업히려고 한다. 뒤꼭지에 눈이 없어 볼 수는 없지만 할아비 등에 딱 엎드린 아이의 표정이야 그지없이 행복에 겨울 것이다.

2014. 4. 14

손녀들은 마법사

내자가 이제껏 한 번도 안하던 일을 벌인다. 오랫동안 별렀고 소위 살림의 고수들에게 여러 차례 자문을 구하더니 고추장 담그기에 도전하겠다고 한다. 한 며칠 메주와 고춧가루와 찹쌀밥을 준비하고 소주와 장독까지 사들이느라 분주하더니 드디어 오늘 그걸 실행에 옮긴다. 마지막 작업으로 2층 거실에 자리를 잡고 고추장을 열심히 젓고 있다. 나야 이 일에 별로 도움이 되지도 않는다. 일을 다 마치면 양지바른 곳으로 장독을 옮길 때나 힘을 보태야지.

오늘은 일요일이라 아이들은 유치원이나 어린이집에 가지 않았다. 휘수는 심심하던 차에 마침 좋은 구경거리가 생겼다. 아이는 세상에 나와 처음 보는 고추장 담그기가 신기한 듯 할미의 동작을 뚫어져라 지켜본다. 할미는 이런 손녀가 귀여워서 평소보다 더 자상하게 말대꾸에 응해 준다. 아이의 궁금증은 보는 것만으로는 부족했는지 손가락으로 고추장을 찍어 맛까지 보았다고 한다.

아이는 할미의 동작 하나하나를 놓치지 않고 바라보다 드디어 말참견할 꼬투리를 하나 발견했다. 다 담근 고추장을 장독에 담는 작업을 하다 그만 한 덩이를 바닥에 떨어뜨린 것이다. 그걸 놓칠 리 없는 아이의 입이 참새처럼 재잘거렸다.

"할머니가 실수했구나! 실수할 수도 있지 뭐. 나도 가끔 실수를 하는데."

아이의 관대한 평가에 할미는 할 말을 잃어버린다. 뒤이어 날아오는 위로 한 마디는 할미를 감동에 빠뜨리고 말았다.

"그릇이 참 깨끗하기도 하네!"

할미가 무안해 할까 봐 얼른 말꼬리를 돌려 주는 속 깊은 손녀다.

안 봐도 빤하다. 오늘 하루 종일 작은놈은 할아비 집에 가자고 보챘을 것이다. 아들 내외는 부모들이 하루라도 아이들 곁에서 벗어나 쉴 수 있도록 아이가 어지간히 보채도 우리 집에 데려오는 걸 자제하는 편이지만 오늘도 역시 아이의 성화에 못 이겨 찾아오고 말았다.

아이의 우리 집 나들이는 하루도 거르지 않는다. 물어보나 마나한 일이지만 아이의 부모들에게 아이가 할아비를 찾지 않았느냐고 묻자 아침부터 내내 나를 찾으며 울었다고 전한다. 그러면서 그 미안함을 얼버무리려고 오늘 있었던 아이의 어록 하나를 공개한다.

아이가 제 아비에게 카드놀이를 하자고 조르더니 카드를 들이밀며 아빠에게 맞춰 보라고 하더란다.

"이게 뭘까요?"

"참외."

"옳지, 잘하네!"

마치 아이가 신생이고 아비가 학생이 된 꼴이었단다. 아마도 어린이집에서 교사가 아이들에게 하던 방식을 그대로 재연한 모양새다.

나는 젊어서부터 근시라서 가까운 걸 볼 때는 안경을 벗어야 더 잘 보인다. 안경을 벗고 책을 보고 있는데 작은아이가 다가온다. 나더러 난데없이 안경을 쓰라고 명령한다.

"하빠, 빨리 안경 써!"

"뭐하게?"

"이거 하게."

"이게 뭐야?"

"언니랑 하는 거."

"아, 퍼즐 말이구나."

"그래."

아이는 퍼즐 놀이판을 맞추며 놀자는 것이다. 요즘 얼마나 말이 늘었는지 아주 귀여워 죽겠다.

25개월째에 접어든 아이는 밖으로 나가면 유난히 더 작아 보인다.

땅바닥에 바짝 달라붙은 것처럼 뒤뚱뒤뚱 걷는 조그만 아이가 별별 소리를 다하는 것을 보면 세상이 참 신비롭기도 하다. 큰아이 때도 새로운 말이나 몸짓을 보면 분명히 지금처럼 놀랐었는데 작은아이가 하는 짓이 처음 본 것처럼 새롭게 느껴지는 것은 웬일일까?

1주일에 단 하루만이라도 좀 쉬고 싶다고 푸념하던 내자도 작은 손녀의 등장에는 두 손을 들고 만다. 아이가 오면 집안이 엉망이 되지만 그래도 아이의 재롱을 들여다보노라면 모든 시름이 봄눈 녹듯 사라져버리게 하는 마법에 빠져들고 만다.

2014. 4. 20

언니가 같이 가 줄게

유수는 요즘 들어 부쩍 어린이집에 가기를 싫어한다. 그래서 어린이집에 보내려면 아침마다 한바탕씩 홍역을 치르곤 한다. 눈치 빠른 아이는 어지간해서는 잘 속아 넘어가지 않지만 아이가 잠깐 한눈을 파는 사이에 얼른 안아서 차에 태운다. 차 안에서도 갖가지 이유를 들먹이며 가기를 거부한다. 이때 아이라고 얕보고 섣불리 약속을 했다가는 나중에 크게 곤란한 지경에 빠질 수도 있으니 조심스럽다. 전에도 몇 차례 그런 경험이 있다. 예컨대 고모 집에라도 데려가겠다고 하면 나중에 그걸 잊지 않고 어김없이 졸라대기 때문이다.

특히 어린이집 입구쯤에 들어서면 더 심하게 버틴다. 오늘도 어린이집에 도착하자 안 들어가겠다고 울며 보챘다. 나는 준비해 둔 비장의 카드를 하나 꺼내 들었다.

"유수야, 이따 하빠가 데리러 올게."

아이는 그 약속 꼭 지키라는 듯 고개를 끄덕이며 겨우 어린이집 안으로 끌려갔다. 아이는 할머니도 엄마도 싫고 하빠가 데리러 오기를 가장 바란다.

아이와의 약속은 반드시 지켜야 한다. 그걸 어겼을 때 아이가 실망할 걸 생각하면 나는 그 뒷감당을 할 자신이 없다. 그래서 무슨 일이 있어도 손자들과 한 약속은 꼭 지키는 걸 철칙으로 삼는다. 오후에 어린이집에 나타난 할아비를 보자 아이의 반가움은 온 얼굴에 활짝 피어나서 한눈에 봐도 알만 하다. 옆에 있는 다른 아이들에게 득의만만해서 자랑을 하는 눈치다.

'얘들아, 우리 하빠야. 너희들 부럽지? 나는 이렇게 하빠가 데리러 왔단다!'

아이의 표정 속에서 이런 뜻이 담긴 걸 읽을 수 있었다. 작은아이를 집으로 데려왔으니 제 어미 아비도 물론 우리 집으로 모일 수밖에.

저녁까지 먹고 잘 놀다가 제 집으로 돌아갈 시간이 되었다. 눈치를 챈 아이는 안 가겠다며 할아비 품으로만 달려든다. 심하게 울며 안 가겠다고 떼를 쓴다. 자꾸 시간이 지체되자 내일 일찍 출근을 해야 하는 아이의 부모들은 난처해진다. 우는 아이를 바라보는 식구들 모두 마음이 편할 리가 없다. 혹시 저더러 가자고 할까 봐 큰애도 자꾸 눈치를 보며 좌불안석이다.

어른들 중에 누구도 우는 아이를 달래지 못한다. 밤은 깊어가고 아이의 울음소리가 더 애처로워지니 참으로 난감하다. 그런데 이때 기적처럼 큰아이의 입에서 나온 한 마디에 작은아이가 울음을 뚝 그치고 말았다.

"유수야, 언니가 같이 가 줄게."

작은아이의 울음은 여린 언니의 마음을 움직였고, 언니는 불쌍한 동생을 위해 그렇게 가기 싫어하는 아파트로 가겠다고 자청하고 나선 것이다. 아파트에서 잘 때면 자매가 서로 꼭 끌어안고 잠이 든다는데…

2014. 4. 23

우리 같이 살면 안 돼요?

휘수는 지금 연달아 4일째 제 아비 집에서 잠을 잔다. 그렇게 가기 싫어하던 아파트에서 자는 이유는 순전히 제 동생 때문이다. 하루도 빠짐없이 아침저녁으로 할아비 집에 왔다가 아파트로 돌아갈 때마다 가기 싫어하는 동생이 울며 보채는 것이 안타까워서 제가 희생을 자청한 셈이다.

필경 그런 아이의 마음이 편치 않을 것 같아서 물어보자 제법 심각한 얼굴로 고민을 털어놓았다.

"휘수야, 아파트에서 잘 때면 할아버지 할머니 안 보고 싶었어?"

"저도 할아버지 할머니가 보고 싶어서 죽을 뻔했어요. 할아버지 할머니도 제가 보고 싶었지요? 그런데 언니가 없으면 불쌍한 우리 유수는 어떻게 해요?"

"물론이지. 얼마나 보고 싶었다고? 언니랑 같이 있으니까 유수가 참 좋아하지?"

"네, 유수랑 같이 있고도 싶고 할아버지 할머니도 보고 싶고… 우리 같이 살면 안 돼요?"

물론 아이들이 저리 힘들어 하는 꼴을 보는 건 견디기 힘든 고통이다. 그렇지만 아이 부모들의 생활 태도나 아이 양육 방식에는 도저히 찬동할 수 없는 간극이 존재하기 마련이다. 부모의 생각을 무조건 따르라는 강요를 할 수도 없고 저들만의 활발한 자유공간도 필요하기에, 다시 합치는 건 난망한 일이다.

처음에는 분가를 강력히 주장하던 내자가 매정하다는 생각이 들기도 했지만 지내고 보니 더 정이 멀어지기 전에 잘한 결정이라 받아들이기로 했다. 다만 손녀들의 조부모에 대한 정이 이리도 깊고 끈끈할 줄은 몰랐다. 결과적으로 아이들에게 마음고생을 시키게 한 꼴이 되어 늘 가책 속에 살아간다.

따지고 보면 지금 내 삶의 전부라고 할 수 있는 내 사랑 손녀들도 언젠가는 홀연히 내 곁을 떠나 나보다 제 부모들과 더 가까이에서 살아갈 것이다. 흐르는 세월 속에 아이들의 뇌리에서 할아비의 존재도 점점 희미해질 것이다. 사람의 한 생애란 그렇게 덧없는 것이리라.

2014. 4. 26

생명 산업

점점 더워지는 기후 탓인가? 봄꽃들의 개화 시기도 확실히 앞당겨졌음을 실감한다. 조용하던 산골 마을에 새벽부터 메아리치는 경운기 소리가 귀에 거슬리게 한다. 부지런한 농부들이란 날씨나 때에 민감하게 마련이다. 어깨너머로 농사를 짓는 게으른 농사꾼의 훔쳐보기가 시작될 시점이다.

새벽 운동하러 가는 길에 밭에서 옥수수 모를 심고 있는 아랫집 젊은 부부를 만났다. 이것저것 물어보며 귀한 농사 정보를 많이 얻었다. 집으로 돌아와 내자에게 전했더니 우리도 빨리 모를 심자고 서두른다. 작년부터 친척의 노는 땅을 빌려 농사를 짓고 있는데 올해는 규모를 더 늘려 보기로 했다. 내자와 둘이 남부시장의 10년째 단골인 종묘상을 찾아 각종 작물의 모를 사 왔다. 고추 120포기, 오이 5포

× 2014. 4 ×

기, 마디호박 5포기, 가지 10포기, 방울토마토 10포기, 직파할 옥수수 종자와 당근 씨, 생강 종자 등을 구입하니 종자대만 10여만 원을 훌쩍 넘는다. 여기에다 상추, 감자, 땅콩 등은 이미 심어놓은 지 며칠 지났다. 욕심껏 이것저것 구색을 갖추다 보니 이렇게 초기 비용을 많이 투자했고 또 여름 내내 밭을 오르내리며 흘릴 땀방울을 생각하면 과연 이게 남는 농사인지 의문투성이다.

내일부터는 비가 내린다는 기상예보를 들은 터라 사 온 종자와 종묘를 서둘러 심었다. 비가 내리고 나면 며칠 동안은 땅이 질어 작업이 어려울 테니 마음이 바쁘다. 늘 그렇듯이 농사꾼이라야 내자와 나 둘뿐이다. 놀아 달라는 손녀들을 달랬더니 대충 알아들은 큰놈과는 달리 작은놈은 막무가내로 달려들어 말리는 데 애를 먹었다.

솜씨 없는 농사라서 내자도 채산이 별로 안 맞는다는 걸 잘 알지만 10년 넘게 농사를 지으면서 우리가 얻은 값진 소득도 있었다. 그것은 생명의 소중함과 노동의 정직함을 터득한 것이다. 아주 더디기는 하지만 해마다 조금씩 농사 기법도 늘고 마음으로 느끼는 만족감도 있어 단순한 채산성과는 비교도 할 수 없는 값진 성과가 아닌가 싶다.

더구나 친환경적으로 정성껏 가꾼 농산물들이 우리 가족 특히, 소중한 내 손자들 입으로 들어간다고 생각하니 세상에서 가장 신성한 의무를 수행한다는 사명감까지도 느끼게 한다.

나는 틈틈이 이 밭에 손자들을 데리고 와서 생성에서 소멸에 이르는 아름답고 신비한 순환과정을 보여줌으로써 생명의 소중함을 일깨워 줄 것이다.

나는 늘 후손 양육과 농사는 정성과 지혜를 기울여야 하는 신성한 과업이라는 지론을 갖고 살아갈 것이다.

2014. 4. 27

늘 이 정도면 좋겠어요

어제부터 이틀째, 봄비치고는 제법 많은 비가 내린다. 어제 서둘러 심은 고추 모랑 여러 작물들에게는 더없이 반가운 단비겠다. 여름에도 비가 내리면 기온이 떨어져서 자칫하면 감기에 걸리기 쉬운데 지난밤에 이불을 차고 잔 탓인지 작은아이가 콧물과 기침감기로 힘겨워 한다. 어미는 출근길에 아이를 맡기고 무거운 마음으로 돌아선다. 아픈 아이가 걱정돼서 아마 일이 손에 잡히지 않을 게다.

아이는 병원 가는 차안에서도 의사 만날 일을 걱정한다.

"하빠, 병원에 가서 주사 안 맞지, 응?"

"그래, 유수가 안 울면 주사 안 맞고말고."

의사가 아이의 배와 등에 청진기를 댈 때마다 울음이 나오려는 걸 참느라 애를 쓴다. 말귀를 잘 알아듣는 아이는 울고 싶어도 꾹꾹 참는 기색이다.

진찰을 마치고 병원 문을 나서자마자 아이는 빵을 사달라고 조른다. 병원 바로 옆집이 빵집이라는 걸 그냥 지나칠 리가 없다. 울지 않고 잘 참았으니 보상이 필요하다는 속셈인 게지. 마침 아침도 거른 터라 빵을 사서 입에 물려 주니 아이의 얼굴이 활짝 핀다.

퇴근길에 작은아이를 데리러 간 어미로부터 아이의 약을 찾으러 오겠다는 전화가 왔다. 우리 집에 들르면 또 집 안으로 들어오려 할 것이고 그런 다음에는 아파트로 돌아가지 않으려고 할 텐데 걱정스럽다. 그래서 내가 약을 갖고 대문 앞에서 기다리다 전해 주었는데 나를 발견한 아이는 하빠 집으로 들어오겠다고 울고불고 야단이다.

우는 아이를 보내고 들어왔더니 이번에는 큰놈이 아파트로 돌아가겠다고 소란을 피운다. 이유는 동생과 같이 놀아 주겠다는 것이다. 어제 밭일을 많이 한 데다 날씨도 저기압이라서 그런지 몸이 찌뿌드드하다면서 아이 돌보기를 귀찮아하던 내자는 큰아이의 아파트행을 쌍수 들고 반긴다. 어미에게 전화를 걸자 곧장 달려와 데려간다.

저녁을 먹고 아홉 시가 넘었는데 아이 아비로부터 전화가 왔다. 큰딸이 다시 하빠 집으로 데려다 달라고 조른다는 것이다. 돌아온 아이는 집 안에 들어서자마자 할미를 찾으며 말이 많다. 할미 할아비가 보고 싶어서 도저히 참을 수가 없었다고 떠든다.

손자들에 대한 조부모들의 마음을 나타내는 우스갯소리 중에 이런 말이 있다.

"손자들이란 만나면 반갑고 헤어지면 더 반갑다."

내자나 나도 큰아이의 등장이 반갑다. 멋없는 늙은이들 사이에 고소한 양념 격으로 손녀가 끼여야 집안 분위기도 한결 화기가 돈다.

할미 할아비의 환대에 기분이 좋아진 아이가 웃으며 화답을 한다.

"오늘은 할머니나 아빠한테 한 번도 야단을 안 맞았어요. 늘 이 정도면 좋겠어요."

아이의 이 말에 할미도 나도 심한 가책을 느낀다. 아이가 밥을 잘 안 먹는다고, 텔레비전에만 빠져 있다고, 장난감 정리 정돈을 잘 하지 않는다고, 동생에게 양보하지 않는다고 무심코 야단을 친 적이 많은데 아이들은 쉽게 상처 받는다는 사실을 잊고 있었던 것 같다. 아직 어린아이인데 좀 더 배려하는 마음을 가져야겠다는 반성을 해 본다.

2014. 4. 28

자꾸 흔들리는 언니 마음

심한 감기로 시달리는 작은아이를 어린이집에 맡긴 게 아무래도 마음이 놓이지 않아서 일찌감치 집으로 데려왔다. 어제보다 더 상태가 안 좋아 또 병원에 데려갔더니 열도 높고 목까지 부어 있다고 한다. 아이는 몸이 편치 않으니까 잘 먹지도 않고 평소보다 짜증을 많이 부린다. 저녁 무렵이 되자 제 어미가 데리러 왔는데 오늘도 큰놈이 따라나선다.

큰놈은 요즘 연일 아파트를 찾아간다. 물론 밤이 되면 다시 돌아오기를 반복하지만 아이의 태도에서 약간의 변화를 감지할 수 있다. 아이의 심리를 들여다보면 몇 가지 추론이 가능하다.

우선은 요즘 밥 먹을 때마다 할머니의 잔소리가 부쩍 늘어서 부담스러워하는 것 같다. 밥을 빨리 먹지 못하는 아이에게 할머니는 늦게 먹는다고 자주 야단을 친다. 또 상대적으로 전에 없이 제 부모들의 태도가 부드러워졌다는 사실이다.

두 번째 이유는, 동생이 언니랑 같이 있고 싶어 하니까 불쌍한 동생을 위해서가 아닐까?

"언니야, 같이 가자!"

하고 울 때마다 큰아이는 몹시 괴로워했다.

세 번째로는, 아빠 집에 가면 아이가 좋아하는 '겨울왕국' 영화를 볼 수 있으니까. 요즘 아이 입에 자주 오르내리는 노래가 바로 그 영화의 주제가인 '렛 잇 고우'인 걸 보면 바로 알 수 있거든.

그렇지만 밤이 되면 또 할머니 할아버지가 보고 싶은 건 도저히 참기 힘든 일이라고 생각한다. 그래서 아이 나름은 제 방식대로 낮에는 아빠 집에서, 밤이면 하빠 집에서 지내기로 정한 모양이다.

오늘도 아빠 집을 다녀온 아이는 전혀 새로운 이유를 들먹여 할미와 할아비 마음을 흔들어 놓았다.

"아빠 집에서 자면 무서운 꿈을 꿔요. 그래서 휘수는 하빠랑 할머니랑 같이 자고 싶어요."

하며 아이는 할미 품을 파고들고 할미는 아이를 꼭 껴안으며 눈자위가 붉어진다.

2014. 4. 29

2014년

5월

주말마다 우리 집에서 재워야지

수족구병(手足口病)

밴드 붙여 주세요

하빠, 업어 주세요

제 집은 여기거든요

겨울왕국

똑같네!

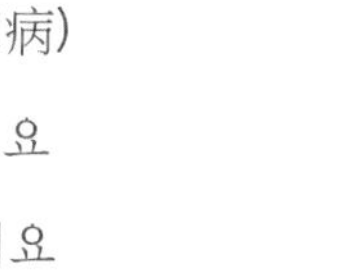

주말마다 우리 집에서 재워야지

요즘 같은 세상에는 전국 각지에 흩어져 사는 형제들이 1년에 한 번 다 모이기도 그리 만만한 일이 아니다. 장모님 생신이면 그분의 자손들이 모처럼 다들 모인다. 아들딸, 사위, 며느리에다 친·외손자들을 합치면 외국에 가 있는 사람을 빼고도 30여 명이 넘는다. 마당이라도 있는 단독주택에 사는 게 둘째 딸뿐이니 올해도 우리 집에서 행사를 치르기로 했다. 오랜만에 집안이 시끌벅적하다. 무엇보다도 장모님의 다섯 증손들 재롱 때문에 더 소란스럽다. 그분이 건강하시기만 하면 앞으로 해를 거듭할수록 자손들은 더 늘어나 잔치판이 더 커질 것이다.

아무리 친 동기간이라도 나이 들어가면 만나서 선뜻 꺼낼 만한 화젯거리가 마땅치 않게 마련이다. 그렇지만 어린 아이들이 매개체가 되면 모든 사람의 이목을 쉽게 끌어당기게 된다.

휘수와 동갑내기가 셋이고, 이제 겨우 6개월째인 담이를 빼면, 사람들의 시선을 가장 많이 사로잡는 아이는 누가 뭐래도 세 살배기 유수다. 귀여운 표정과 애교 넘치는 말투에 사람들이 넋을 놓는다.

아이들도 신이 났다. 또래 혈육들이 모이니 얼마나 반가울까? 아이들은 목청껏 소리를 지르며 연신 2층을 오르내린다. 어른들도 귀여운 아이들의 몸짓에 맞장구치느라 목소리의 톤이 올라간다. 형제들끼리 정담을 나누느라 밤이 이슥하도록 잠자리에 들 생각을 하지 않는다. 덩달아 아이들도 평소의 생활 리듬에서 완전히 벗어나버리고 말았다. 어른들 틈에서 떠들고 뛰어다니느라 쉬이 잠을 청하지 못한다.

아이들의 수면을 위해 집으로 돌아가자고 독촉하지만 유수는 한사코 집에 가지 않겠다고 버틴다.

"유수야 집에 가야지?"

"싫어, 안 갈 거야. 하빠 집에서 잘 거야."

사람들이 웃고 떠드는 이 북적거림이 아이에게는 더 신나는 분위기로 느껴지는 모양이다. 언제 이런 일이 그리 흔하던가? 이런 아이의 기분을 깨게 해서는 안 될 것 같아 우리 집에서 재우도록 했다. 날이 풀렸으니 이제는 주말마다 우리 집에서 재워야지.

이 잔치를 마치고 다시 각자의 일상으로 돌아가면 사람들은 또 1년 뒤를 기다릴 것이다. 속상하고 걱정거리 많은 세상에서 단 하루라도 그런 시름들을 내려놓고 천진난만한 아이들의 재롱을 즐겼던 그 순간을 잊지 못할 것이다.

우리들을 한 곳에 모이게 해 주신 노인의 장수를 기원하면서. 어린 아이들의 그 귀엽고 사랑스러운 몸짓과 말투의 여운은 오래도록 지워지지 않으리라.

2014. 5. 4

수족구병(手足口病)

유치원에 들렀던 할미가 담임교사로부터 반갑잖은 소식을 들었다고 한다. 수족구병(手足口病, hand-foot-and-disease)에 걸린 아이가 하나 있었는데 아마 휘수에게도 옮은 것 같으니 빨리 병원에 데려가 보라는 것이었다. 이 병은 말 그대로 손과 발과 입안에 발진이 생기는데 아이들에게는 흔한 병이라고 한다. 자칫 손과 발의 위생을 소홀히 하면 걸리기 쉽고 전염성이 매우 빠르다고 한다.

병원에서 진찰한 결과 입 안쪽 깊숙한 곳에 발진 증상이 한 군데 발견되었다고 한다. 이제껏 두 아이를 키우면서, 5년 동안 아직 단 한 번도 이런 병에 걸린 적이 없었는데 이게 무슨 날벼락 같은 소리인지 모르겠다. 어린 것이 앞으로 한참 동안 병으로 시달릴 걸 생각하니 속이 상해 만사가 귀찮기만 하다.

이 병의 원인이야 뻔하다. 면역력이 약한 아이들이 때 이른 이상

고온에다 집단생활을 하다 보니 이렇게 위험에 노출된 것이다. 그렇다고 유치원에 안 보낼 수도 없고 이제 와서 새삼스레 누군가를 탓할 수도 없으니 더 답답하기만 하다.

잠복기가 3, 4일은 된다는 이 병에 작은아이가 혹시 감염된 것은 아닐까? 이미 걸린 아이야 그렇다 치더라도 전염성이 빠른 이 병에 작은아이가 무사한지 모르겠다. 우선 큰아이와 격리를 시켜야 한다니 당분간은 작은아이가 우리 집에 드나들지 못할 것이다. 단 하루라도 할아비를 못 보면 생병이 나고 마는 아이인데, 아이도 나도 서로 떨어져 지내야 할 일이 무엇보다 괴롭다.

이 병은 대개 일주일에서 열흘 정도 지나야 증상이 완화된다고 알려져 있다. 물론 관리를 잘하지 않으면 더 나쁜 병으로 번질 수도 있으니 주의가 필요하다고 한다. 앞으로 병이 다 나을 때까지는 유치원에도 보낼 수 없을 것이다. 이제 우리 내외는 꼼짝없이 아이에게 매여 지내야 한다. 그야 당연히 감수해야 할 일이지만 당분간 우리 집의 생활 리듬은 완전히 달라질 수밖에 없다. 물론 어른들이야 어떤 불편도 다 감내할 각오를 하지만 아이가 하루빨리 병마에서 벗어나기만을 바랄 뿐이다.

아이가 이런 일을 당할 때마다 너무도 하잘 것 없는 할아비의 무능을 자책해 보곤 한다. 좀 더 위생에 철저해서 이런 일을 막았어야 하는데 어른들의 불찰이 크다. 아이 하나 제대로 지켜 주지 못하는 어른이 무슨 낯으로 떳떳하게 어른 행세를 할 수 있을까?

제발 하루속히 병마를 훌훌 털고 일어나 전처럼 활짝 웃으며 재롱을 피우기를, 작은아이도 늘 보고 싶은 할아비를 마음 놓고 찾아오기를 간절히 빌어 본다.

2014. 5. 8

밴드 붙여 주세요

제발 비켜가기를 바라며 마음 졸였던 일이 끝내 아이들에게 찾아들고 말았다. 작은아이마저 어김없이 수족구병에 전염되었다. 큰놈은 다행히 더 번지지는 않고 있지만, 작은놈은 점점 더 심해지고 있다. 처음에 입안에서 시작된 발진이 이제는 손바닥까지 번졌다. 아마도 언니보다 어려서 면역력이 더 약한 탓인가 보다. 둘을 한꺼번에 집에서 데리고 있기에는 부담이 너무 큰데 하나라도 유치원에 보낼 수 있어서 조금은 짐을 던 셈이다.

그렇잖아도 우리 집에만 오면 온갖 어리광이 심한 작은아이가 몸까지 편치 않으니 한시도 떨어지지 않고 안아 달라 업어 달라는 말이 입에 붙어버렸다. 또 입안이 아려서 그런지 수시로 아프다고 울어댄다. 병원에서는 달리 약도 소용없고 시간이 해결하는 병이라고 한다. 적어도 일주일은 기다리는 수밖에 없다니 그동안 시달릴 아이 걱정에 어른들도 덩달아 우울해진다.

아이가 어린이집에 갈 수도 없으니, 내자나 나나 일주일간은 운동도 쉬기로 했다. 요즘 한창 일이 많아진 텃밭의 채소 돌보는 것도 둘이서 교대로 해야 한다. 병이 나을 때까지는 꼼짝없이 작은아이 시중에 전념하기로 했다. 입안이 헐어서 고통스러워 하는 아이는 밥이나 다른 음식을 통 먹을 수 없어 거의 우유로만 연명한다. 어린 것이 감당하기에는 너무 힘이 드는가 보다.

"입이 아파요. 밴드 붙여 주세요?"

입안에다 밴드를 붙여 달라고 조른다. 오죽 아프면 저런 생각까지 할까? 아이가 고통스러워하는 것이 지켜보기에 안쓰러우면서도 그 기발한 상상력에는 터져 나오는 웃음을 감추지 못한다. 하도 졸라대는 통에 입안에는 붙일 수 없고 인중에다 밴드를 붙여 놓았더니 아이의 몰골이 마치 오리 입처럼 우스꽝스럽게 튀어나와 보인다.

웃음을 잃고 눈물자국으로 얼룩진 낯이 불쌍해서 꼭 껴안아 준다. 우는 아이를 업고 옥상에도 올라가 보고 집밖으로 데리고 나가 보기도 한다. 노래도 불러 주고, 이야기도 들려주며 아이의 마음을 달래본다. 할아비 가슴도 갑갑해서…

2014. 5. 12

하빠, 업어 주세요

아이들이 수족구병으로 시달린 지 벌써 일주일째다. 큰아이는 이제 별 걱정을 안 해도 될 만큼 좋아졌지만 작은아이는 점점 더 증상이 심해진다. 손발에까지 번진 붉은 발진을 볼 때마다 어린 것의 고통이 전해 오는 것 같다. 여러 날이 지나도록 차도가 없자 걱정이 된 제 어미가 하루 연가 신청을 내고 아이를 돌보기로 했다.

늙은 시부모들에게 아픈 아이를 맡긴 며느리인들 마음이 편할 리가 있었을까? 한 주 동안 늘 아이와 같이 지내다 오늘 하루를 못 보니 더 신경이 쓰인다. 혹시 아이가 보채지나 않은지 걱정이 돼서 슬쩍 전화를 걸어 본다. 혹시 눈치 빠른 아이가 할아비 전화인줄 알면 당장 찾아오겠다고 할 테니 조심스럽게 알아보았다. 아이가 할아비 할미를 찾지도 않고 잘 논다고 하니 다행이다. 그래도 오늘은 조금 호전된 모양이다.

지난 한 주일 동안 고통스러워 하며 보채던 아이를 들여다보며 얼마나 속을 태웠던가? 제발 이제부터라도 아이가 덜 시달린다면 얼마나 좋을까?

아프다고 울며 보채던 그 모습까지도 한없이 귀엽고 사랑스러워서 지금도 아이를 그려 본다. 어쩌다 이렇게 소중한 놈이 우리 앞에 나타났을까? 말은 어쩌면 그리도 예쁘게 하는지 몰라?

아이는 아픈 뒤로 어리광도 부쩍 더 늘었다. 아이는 한껏 어리광을 피우며 자주 이런 주문을 한다.

"하빠, 라바 포대기로 업어 주세요."

아이는 잠시라도 할아비와 떨어지기 싫어서 늘 이런 식으로 붙잡아 놓으려 한다. 아이는 요즘 한창 인기가 있는 캐릭터 '라바'가 그려진 포대기로 업어 달라고 한다. 그리고는 2층으로 올라가자고 조른다. 옥상에 올라가면 우리 동네가 한눈에 들어오고 마당 연못의 물고기가 노는 것도 볼 수 있어 아이는 이곳을 참 좋아한다. 그런데 정작 아이가 원하는 것은 할아비 등에 업혀 할아비와 도란도란 이야기를 나누는 것이다. 아파서 어린이집에 안 간 동안이 아이에게는 더 좋은 모양이다. 어린이집에 가면 선생님 눈치 보느라 꾹꾹 참았던 어리광을 얼마든지 받아 주는 할머니 할아버지와 같이 지내는 게 훨씬 더 좋았겠지. 이러다 몸이 다 나아도 어린이집에 안 가려고 할까 봐 염려스럽기도 하다.

2014. 5. 15

제 집은 여기거든요

아이들이 아프기 시작한 지 벌써 열흘째다. 그동안 아픈 아이들을 유치원이나 어린이집에 못 보내고 집에서 돌보느라 텃밭을 둘러볼 엄두도 못 냈다. 이른 새벽에 밭으로 나가 봤더니 예상했던 대로 밭의 풍경이 엉망이다. 밭에서 살다시피 하는 게 제대로 된 농부들의 일과인데 그렇게 여러 날 살피지 못했으니 결과가 빤하다. 혹시 이웃 사람들이라도 본다면 부끄러워 고개를 들지 못할 지경이다. 오늘은 토요일이니 아이들을 제 부모들에게 맡기고 모처럼 밭에 나가 일을 좀 해야겠다. 오이랑 가지, 토마토 그리고 고춧대를 세워 줘야겠고, 잡초도 뽑아야겠다.

할미가 큰아이에게 타이른다.

"휘수야, 할아버지랑 할머니가 밭에 나가 일을 해야 하니까 오늘은 너희 집에 가 있어라?"

그러자 아이는 그 말에 몹시 서운한 표정을 지으며 반박한다.

"할머니, 제 집은 여기거든요. 아파트는 유수 집이니까 그렇게 말하지 마세요! 그리고 저는 아파트에 안 갈 거예요. 그런데요. 오늘 토요일이잖아요? 결혼식장 안 가세요?"

"왜?"

"저 결혼식장 가서 국수 먹고 싶어요."

외출 준비하는 걸 본 눈치 빠른 아이가 알아차리고 말았다. 결혼식장이 번잡해서 주차하기도 힘들고 나는 원래 뷔페식 음식을 별로 좋아하지도 않아서 대개 축의금만 전달하고 돌아오곤 한다. 그런데 아이가 굳이 먹고 가자고 조르니 어쩔 도리가 없다. 집에서는 밥을 잘 안 먹는 아이지만 밖에 나오면 평소보다 더 잘 먹으니 그나마 다행이다. 실컷 먹고 난 아이는 흡족한지 기어이 한마디를 날린다.

"배가 불러서 오늘 저녁밥은 안 먹어도 되겠네!"

결혼식장에 손녀까지 달고 다니는 게 남들에게 좀 눈치 보이는 일이기는 하지만 무엇보다도 아이가 좋아하니 남들의 눈총쯤이야 개의치 않기로 했다.

아무래도 더 미룰 수는 없어 한낮 더위를 피해 저녁 무렵 밭으로 나가기로 했다. 일을 빨리 해치우려면 우리 부부가 같이 밭일을 해야 하는데 큰아이가 제 부모에게 안 가고 집에 붙어 있으니 난감하다. 그렇다고 아이 혼자만 집에 두는 것도 영 불안한 일이다. 더구나 밭에 데리고 나가자니 온갖 벌레가 들끓는 곳에서 여린 아이가 물리기라도 할까 봐 걱정스럽다.

아이에게 물어본다.

"너 밭에 따라갈래, 혼자 집에 있을래?"

"혼자 집에 있을 거야."

"너 무섭지 않겠어?"

"괜찮아요. 텔레비전 보면 되잖아요?"

아, 요놈의 계산속이 따로 있었구나!

밭이 그리 멀지는 않지만 하도 험한 일들이 많은 세상이라 어린 것만 혼자 집에 두고 갈 수는 없었다. 피곤한 내자가 낮잠에 빠진 사이에 나 혼자 가만히 나와 밭으로 향했다. 한낮의 볕이 따갑기는 하지만 내가 땀을 조금 더 흘리면 될 일이다.

두어 시간 뒤에 잠에서 깬 내자가 밭에 나타났다. 같이 일을 하면서도 집에 남긴 아이가 걱정이 돼서 일이 손에 잡히지 않는다. 내자도 걱정이 되는지 나더러 자꾸 집으로 가라고 밀어낸다. 오늘 밭일도 아이 때문에 교대 근무로 마감하고 말았다.

2014. 5. 17

겨울왕국

한때 극장가에서는 애니메이션 영화 '겨울왕국'이 1000만 관객을 훌쩍 뛰어넘어 화제를 뿌렸다. 요즘 휘수의 마음을 온통 사로잡아버린 것은 바로 그 영화 '겨울왕국'이다. 도대체 누구에게 처음 들었고, 어떤 동기로 시작된 관심일까?

몇 달 전 어느 날이었다. 아이가 겨울왕국을 들먹이기 시작했고, 아이의 성화에 못이긴 어미가 겨울왕국이라는 책을 한 권 사다 주었다. 그날부터 아이는 오로지 그 책에만 매달렸다. 어른만 보면 아무나 붙잡고 귀찮을 정도로 읽어 달라고 졸랐다. 어른들이 귀찮아하는 기색이라도 보이면 읍소하거나 온갖 아양을 떨어 가며 읽어 달라고 매달렸다. 어른이 보기에도 만만찮은 170여 쪽에 이르는 두꺼운 책이니, 유아들이 보려면 보통 인내심이 아니면 볼 수 없는 책인데도

× 2014. 5 ×

말이다.

아이가 하도 좋아해서 나도 아이의 정서에 맞춰 보려고 애를 써 봤지만, 나이 탓인지 도대체 마음에 와 닿지 않는 이야기다. 그래도 나는 다른 할아버지들보다야 아이의 마음을 좀 읽을 줄 안다고 자부해 왔는데, 머리가 굳어서 그런지 마음이 순수하지 못해서 그런지 그걸 이해하기에는 한참 멀었다는 생각이 든다.

그렇게 가기 싫어하던 아파트를 드나들기 시작한 것도 실은 겨울왕국 탓이었다. 아비 집에 가면 스마트폰에 연결된 겨울왕국 영화를 볼 수 있기 때문이다. 물론 그 영화를 보고 나면 다시 할아비 집으로 되돌아와 버리지만.

아이는 제 이름을 겨울왕국의 주인공 이름으로 불러 달라고 하기도 한다.

"네 이름은 휘수잖아? 얼마나 멋지고 좋은 이름인데 이름을 바꿔 달라니?"

"그러면 '엘사 휘수'라고 부르면 되잖아요?"

"엘사가 그렇게 좋으냐?"

"네, 저는 '엘사'고 유수는 '안나'라고 불러 주세요."

아이는 머리스타일도 엘사처럼 한쪽으로 돌려 묶어 달라고 한다. 장난감 손목시계도 제 것은 엘사가 그려진 걸로, 제 동생 것은 안나가 그려진 걸로 사 달라고 했다. 또 잠옷도 엘사가 그려진 것만 고집스럽게 입는다. 동생과 소꿉놀이를 할 때도 '아렌델 왕국'이 단골 무대다.

춤을 출 때도 영화 속의 주인공처럼 우아한 동작으로 하고, 노래도 겨울왕국의 주제가인 렛 잇 고우(Let It Go)가 입에 붙었다. 하도 많이 들어서 그런지 세 살짜리 작은아이까지도 이 노래를 흥얼거리는 지경이다. 또 보자기로 망토 모양을 만들어 걸치고 영화 속 주인공처럼 춤추듯 우아하게 걸어 보기도 한다.

아이가 하도 겨울왕국을 들먹여서 그 스토리를 물어보면 막힘없이 술술 읊어댄다. 그러면서 등장하는 캐릭터들을 설명해 준다.

"엘사는 모든 걸 얼음으로 만드는 마법을 가지고 있는 아렌델 왕국의 여왕이에요."

"안나는 엘사의 동생인 명랑한 공주예요."

"하빠는 언니보다 동생이 더 예쁘던데?"

"아니에요. 엘사가 더 좋아요."

"아, 참 그렇구나!"

할아비가 실수할 뻔 했구나! 지금 아이는 안나와 제 동생을 동일시하는 기분일 게다. 그래서 얼른 말머리를 바꾼다.

"또 누가 있지?"

"추워도 겁내지 않는 용감한 크리스토프도 있고, 무거운 썰매도 끌어 주는 스벤이라는 사슴도 있어요. 또 잘생긴 왕자 한스도 있고요. 눈사람 올라프도 있어요. 잡화점 주인 오켄도 있고, 바위 괴물 트롤이랑 엘사의 마법으로 만든 마시멜로는 얼음 눈사람이에요."

영화랑 책을 하도 많이 봐서 이제는 줄줄 꿰어 버리는 수준이다. 할아비는 그 뛰어난 집중력과 기억력에 또 한 번 감탄한다. 아이는 이렇게 이야기 속 주인공을 꿈꾸며 아름다운 마음을 살찌우고 살아 갈 것이다.

204. 5. 22

똑같네!

아이들의 어미가 출근하면서 작은놈을 맡기는 8시경부터 유치원과 어린이집에 데려다주는 10시까지는 그야말로 눈코 뜰 새 없는 우리 집 아침 풍경이 펼쳐진다. 내자는 아이들 식사 준비와 갈아입을 옷가지와 큰아이 머리 손질을 하느라 정신이 없다고 한다. 나는 아이들 대소변 뉘고 세수를 시켜야 한다. 그런 다음에는 안아 달라거나 업어 달라며 품에 파고드는 작은놈 때문에 집안 구석구석으로 이끌려 다닌다. 잠시도 가만히 있지 못하는 아이는 할아비를 끌고 2층으로 가자거나 마당으로 가자며 조른다. 옥상으로 올라가면 동네가 다 내려다보인다. 눈에 들어오는 것이라면 무엇이든지 다 간섭을 해 본다.

"이건 뭐예요? 저건 뭐예요?"

할아비가 한껏 다정하게 대답을 하면 그 꼬리를 물고 늘어지며 아이의 질문 공세는 끝이 없다.

"왜요? 왜요? 왜요?……"

세상이 온통 궁금한 것투성이인 아이에게는 말끝마다 '왜요?'가 입에 붙었다. 또 요즘 하루도 안 거르고 거쳐야 하는 아이만의 행사가 하나 더 생겼다. 개와 물고기의 밥을 제가 직접 주는 것이다. 작은 알맹이 사료를 일일이 한 알씩 던져 주면서 웬 말이 그리도 많은지 그 대꾸를 하다 보면 할아비가 입이 아플 지경이다. 아이는 최대한 천천히 사료를 던져 줌으로써 할아비와 같이 지낼 시간을 끌려고 한다.

"저기 큰 거 온다. 저 물고기는 무슨 색이에요?"

색깔을 잘 알면서도 말을 더 많이 하고 싶어 일부러 물어본다. 할아비가 아이의 그런 속을 알고 되물으면 그때는 제가 대답을 한다.

"빨강색이잖아?"

그것도 모르냐는 듯이 할아비에게 핀잔이 되돌아온다.

아침마다 선잠이 깬 아이는, 잠도 모자라고 어미도 보고 싶어 나름대로 불만과 스트레스가 많을 것이다. 아이는 그걸 해소하는 유일한 상대로 이 할아비를 꼽는지도 모른다. 그러니 할아비마저 아이의 기분을 맞춰 주지 않으면 아이는 세상을 살맛이 나지 않을 지도 모른다. 그래, 이 할아비가 기꺼이 너의 만만한 스파링 파트너가 되어 주마. 샌드백을 치듯이 할아비를 실컷 두들겨도 얼마든지 맞아 주마!

아침마다, 출근하는 어미 차의 뒤꽁무니를 물끄러미 바라보는 아이는 힘없는 혼잣말로 말끝을 흐리곤 한다.

"엄마, 보고 싶어…"

"일어나? 아침이야, 빨리 일어나야지?"

오늘 아침 안방 침대 쪽에서 누군가를 깨우는 소리에 놀라 얼른 달려갔다. 작은놈이 언니 침대에 토끼와 멍멍이와 고양이 인형들을 뉘어 놓고 잠을 깨우는 시늉을 하고 있는 게 아닌가?

아마도 출근하는 어미가 작은아이를 깨울 때 하던 말투를 그대로 흉내 내는 게 아닌가 싶어 짠한 마음이 밀려온다.

"너무 커, 너무 커? 웃겨, 웃겨?"

아이는 그림을 그리다가도 일부러 제 손에다 크레파스나 매직펜으로 칠하기를 좋아한다. 그런 다음에는 손을 씻기 위해 화장실로 달려간다. 거기에 가면 미끌미끌한 비누를 만지는 것이 즐거운 모양이다. 쓰던 비누가 다 닳아서 새 것으로 바꾸어 놓았더니 아이의 작은 손으로 큰 비누를 잡기가 어려워 자꾸 미끄덩하고 빠져나간다. 아이는 그것이 더 재미있는지 요새는 비누만 보면 '웃겨, 웃겨' 하며 웃음을 참지 못한다.

다른 때 같으면 제 언니의 유치원 버스가 와도 별 관심을 보이지 않더니 오늘은 배웅을 하겠다고 대문 앞까지 따라나선다. 아이들은 흔히 유치원 버스를 '병아리차'라고 부른다. 그 차에는 아이들의 안전을 지켜 주려고 보육 교사가 한 명씩 타고 있다. 아이의 승차를 돕느라 차에서 내린 교사가 유수를 발견하더니 깜짝 놀라는 표정이다.

"똑같네!"

몸집 크기만 조금 작을 뿐 생김새가 어쩌면 그리도 똑같으냐는 투로 하는 말이다. 나는 마치 2년 반 전의 일을 다시 겪는 것 같은 착각을 느낄 때가 많다. 생김새도 꼭 닮은 놈이 제 언니가 하던 짓을 어쩌면 그리도 똑같이 반복하는지 모르겠다. 하긴 둘이 늘 같이 붙어 지내니 그럴 만도 하지만, 말투나 하는 놀이도 영락없이 제 언니를 닮아간다.

2014. 5. 28

2014년

6월

왜 비가 안 오지?

선생님 놀이

왜 그렇게 아이에게 차가우세요?

날씨도 좋은데 우리 밖으로 나갈까요?

조심해야지요!

왜 비가 안 오지?

아이들은 어젯밤에도 우리 집에서 잘 놀다가 돌아갈 시간이 되자 하빠랑 같이 자겠다고 버텼다. 우는 동생을 달래느라 제 언니가 아파트에 같이 가 주겠다고 나서자 겨우 작은아이가 울음을 멈추고 제 아비 집으로 따라갔다. 집을 나서면서까지도 할아비에게 달려들며 어리광을 피운다.

"하빠가 업어서 데려다줘!"

아침에 되자 어김없이 다시 우리 집을 찾아왔다. 출근하는 어미를 보자 두 아이가 갑자기 울음보를 터뜨리고 만다. 출근 시간에 쫓긴 어미가 난감해서 어찌할 바를 모른다.

두 아이를 달래느라 오늘 아침도 땀 깨나 흘렸다. 한참 시간이 흐르고 아이들의 울음이 잦아들고 나서 물어보았다.

"얘들아, 왜 울었어?"

그러자 아이들은 언제 그랬냐는 듯이 헤헤 웃음을 흘린다. 할아비를 보자 괜히 어리광을 피우느라 그랬던 모양이다.

할미는 백화점이나 마트에 갈 때마다 온통 손녀들 생각뿐이다. 예쁜 옷이나 장난감이나 먹을 것도 아이들이 좋아하는 것이라면 뭐든지 욕심을 낸다.

휘수가 네 살 무렵이던 어느 날 할머니는 분홍색 우산을 하나 사 왔다. 귀여운 손녀에게 딱 어울릴 것 같은 작고 앙증맞은 우산이었다. 그런데 한 2년 동안 비나 눈이 오는 날이면 어김없이 아이의 동무 노릇을 했던 그 우산의 행방이 갑자기 묘연해졌다. 아이는 그 예쁜 우산이 맘에 들어서 일부러 비 오는 날을 기다리곤 했는데, 언제 어디에서 사라졌는지 도대체 추적이 불가능한 일이다.

아이가 한시라도 빨리 그 실망감에서 벗어나게 하려고 할미는 얼른 그 우산과 비슷한 걸로 사다 놓았다. 이제는 유수가 생겼으니 샘 많은 작은아이 것도 같이 사 왔다. 유수는 우산이 맘에 드는지 하루 종일 우산을 가까이 두려 한다. 놀 때도 늘 아이의 눈에 띄는 곳에 놓아두고, 어린이집에 갈 때도 가져가고, 심지어는 잠잘 때도 옆에 두어야 한다. 아침에 눈을 뜨기가 무섭게 우산부터 찾는단다.

며칠 동안 비가 오락가락하더니 오늘은 모처럼 날이 갰다. 우산을 쓰고 싶은 아이는 하늘을 쳐다보며 비 타령을 한다.

"오늘은 왜 비가 안 오지?"

아이들이란 이렇게 작은 선물 하나만 있어도 온통 그것에 사로잡혀

버리는가 보다. 물론 시간이 좀 흐르면 시들해질 날도 찾아오겠지만 기억력이 좋은 아이이니 한동안은 우산 생각을 쉬이 떨쳐버리지 못할 것이다.

2014. 6. 4

선생님 놀이

오늘은 휘수네 유치원에서 시장 놀이를 하는 날이다. 아이들은 유치원의 교육 프로그램 중에서도 시장 놀이를 참 좋아한다. 사람들이 한데 어울려 북적대고 온갖 물건을 고르는 이런 심리는 어른 아이 할 것 없이 사회적 동물인 사람들의 원초적 호기심이 아닌가 싶다. 시장 경제를 허용하지 않는 북한에서도 장마당을 막을 수 없다지 않던가? 마치 장날이면 괜히 어른들을 따라가고 싶어 하던 어린 시절의 추억이 되살아난다.

소풍 가는 날처럼 들떠 있는 아이에게 일러 주었다.

"아무 것이나 사지 말고 꼭 필요한 물건만 사 오너라."

낭비하지 않는 습관을 길러 주고 싶은 할아비의 노파심이다.

"예, 알겠어요."

건성으로 대답하는 아이는 한껏 밝은 얼굴로 유치원 버스에 오르며 손을 흔들었다.

유치원을 다녀온 아이의 가방이 제법 묵직하다. 아이는 사 온 물건을 하나씩 꺼내는데 가만히 살펴보니 쇼핑 목록이 참 알뜰하기도 하다.

"할아버지 할머니 드시라고 감자를 사 왔지요."

하며 비닐 랩으로 싼 감자 한 알을 내놓는다.

"반찬 하려고 오이도 사 왔어요."

"할머니, 당근 샀으니까 주스 만들어 주세요."

"동생이랑 저랑 간식으로 먹을 '마이쮸'(과자 이름)도 샀어요."

"제가 팔다 남은 지우개도 여기 있어요."

"참 또 하나 있네. 이건 제가 쓸 노트예요."

초등학교 1학년용 격자무늬가 그려진 노트 한 권을 내놓는다.

"할아버지, 우리 선생님 놀이해요. 제가 선생님 할 거예요. 할아버지가 도와주세요?"

"어떻게 도와줄까?"

"제가 친구들 이름을 쓸 거예요. 제가 친구들 이름을 부르면 할아버지는 글자를 대답해 주시면 돼요. 알았지요?"

"그래, 알았다. 불러 봐."

"강지혁-. 혁 자를 어떻게 쓰지요?"

"ㅎ(히읗) 자 옆에 ㅕ(여) 자를 쓰고 그 밑에 ㄱ(기역) 자야."

"알았어요. 이번에는 유범열-. 범 자는…?"

"너 아버지 할 때 버 자 알지? 버 자에다 ㅁ(미음) 자를 쓰면 되잖아?"

"그러면 열 자는요?"

"여 자에다 ㄹ(리을) 자를 붙이면 되지."

지금 아이는 글자는 대부분 읽을 수 있지만, 받침이 들어 있는 글자를 쓰는 건 아직 서투르다. 이런 식으로 스무 명도 넘는 유치원 친구들 이름을 다 적는다. 유치원 선생님이 출석 부르듯이 하나씩 이름을 부르며 한글 공부를 하고 있다.

할아비는 아이가 신통해서 귀찮은 내색을 할 수가 없다. 앞으로도 얼마든지 즐거운 마음으로 학습 도우미가 되려고 한다.

2014. 6. 12

왜 그렇게 아이에게 차가우세요?

요즘 들어 휘수의 언동을 보자면 부쩍 걱정스러운 구석이 많다. 집에 있는 동안은 줄곧 텔레비전 앞에만 붙어살려고 한다. 딱 한편만 보겠다고 약속을 하지만 그걸 지킨 적은 한 번도 없다. 밥 먹을 시간이 되어도 유치원 갈 시간이 되어도 꿈쩍도 않고 화면에만 빠져 있다. 또 집에서는 아예 밥 먹을 생각을 하지 않는다. 식사 때마다 할미나 할아비가 얼굴을 붉히고 소리를 질러도 반응을 보이지 않는다. 이제는 야단치는 어른들이 질릴 지경이다.

이러다 정말 버릇없는 아이로 고착되는 건 아닌지 걱정스럽다. 어린 아이가 얼마나 크게 잘못할까마는, 이대로 방치하다가는 나중에 돌이킬 수 없이 되는 건 아닌지 싶다. 얼마 전 유치원 사람들에게 아이의 유치원 생활 태도를 넌지시 알아봤더니 그리 호의적인 뉘앙스가 아니었다. 혹시 유치원에서도 말썽을 피우는 건 아닌지 염려스러웠다. 내 손자가 그런 천덕꾸러기로 비치는 건 참을 수 없는 일이기도 하다.

우선 나부터 마음을 단단히 먹고 아이의 버릇을 고쳐 주어야겠다고 다짐해 본다. 조금은 심하다 싶을 만큼 아이에게 엄하게 대했다. 돌변한 할아비의 태도에 처음에는 장난이라도 치는 걸로 알고 아이가 어리광을 피우며 얼버무리려 했는데 워낙 할아비가 정색을 하고 대하니까 울음을 터뜨리고 말았다. 아이의 마지막 무기인 눈물에 할아비가 약하다는 걸 아이가 모를 리가 없다.

그렇지만 전과 달리 할아비의 태도가 워낙 완강한 걸 본 아이도 크게 놀라는 눈치다. 할아비는 속으로야 가슴이 쓰리지만 기왕 시작한 바에야 그대로 밀고 나가기로 했다. 아이의 하는 짓을 유심히 지켜본다. 제 어리광이 할아비에게 통하지 않자 이번에는 할미를 찾는다. 손자에 마음 약한 할미지만 역시 전처럼 그렇게 만만하게 나오지 않자 아이의 실망이 몹시 큰 것 같다.

아이가 마음을 둘 데가 없어 안절부절못하던 차에 마침 제 어미에게서 전화가 왔다. 아이는 애써 할아비에게 야단맞은 걸 감추지만 전화 속의 아이가 울적해 하고 있는 걸 눈치 챈 어미가 걱정이 되었나 보다. 어미는 아비에게 이 소식을 전했고 퇴근길에 아비가 찾아왔다. 아비는 아파트로 가자고 큰딸을 달래 보지만 아이의 태도는 요지부동이다. 할미나 할아비의 태도가 전처럼 제 뜻을 받아 주지 않아도 아이는 제 부모나 동생이 있는 아파트로 가지는 않겠다고 고집을 피운다.

저녁 무렵 아비도 돌아가고 다시 우리 부부와 아이 이렇게 셋만 남았다. 밥 먹을 때도 아이는 할미 할아비 눈치를 많이 살핀다. 먹기 싫은 눈칫밥을 꾸역꾸역 떠 넣은 아이는 힘든 하루를 보냈을 것이다. 세상에서 가장 크게 의지하는 할아비마저 이리 차갑게 대하니 아이는 지금 마음 둘 데가 없어 얼마나 힘들까?

아이는 조심스레 할아비에게 다가오더니 열이 난다며 제 이미를 짚어보라고 한다. 만져 보니 분명히 열은 없는데 머리가 아프다고 한다. 또 귀가 아프다고도 한다. 아마도 관심을 끌고 싶어서 하는 행동처럼 보이지만 귀가 아프다는 말을 들으면 가슴이 철렁 내려앉는다. 차라리 아이가 거짓으로 그런 말을 한 것이기를 바랄 뿐이다. 아무래도 내일은 아이를 데리고 병원에 다녀와야겠다.

아이는 애니메이션이 보고 싶겠지만 할아비가 야단칠 게 두려워 텔레비전에는 아예 눈길도 못 돌리고 일찌감치 잠자리에 누웠다.

"휘수 할아버지, 왜 그렇게 아이에게 차가우세요? 아이고, 불쌍한 내 새끼!"

제 아비 집에도 안 가고 조부모에게만 매달리는 큰손녀가 불쌍해서 눈물이 그렁그렁해진 할미가 자는 아이를 내려다본다. 할미가 할아비 속을 모를 리는 없지만 할미의 눈두리에는 물기가 가득 배어 있다.

2014. 6. 19

날씨도 좋은데 우리 마당으로 나갈까요?

며칠 전 꽤 알려진 한 잡지사에서 전화가 왔다. 책이 나온 지 1년도 넘었는데 아직도 잊을 만하면 한 번씩 나를 찾는 사람들이 있다는 사실이 놀랍고 반갑다. 편집진이 내 책을 구입해 보고 그 내용에 공감해서 취재를 결정했다고 한다. 다음 달에 '일기'라는 주제로 특집을 만들고 싶어 작가인 나를 만나겠다는 내용이다.

오늘이 방문하기로 약속한 날이다. 담당자는 사진기자까지 대동하고 정확히 시간을 지켜 나타났다. 곧 두 번째 책의 출간을 앞두고 있어 이번 인터뷰는 더욱 의미가 있을 것 같다. 우선 나와 대화를 나눈 뒤에 손녀들과 같이 사진을 찍고 싶다고 했다. 그래서 내가 인터뷰하는 동안에 내자가 유치원으로 달려가서 평소보다 일찍 아이들을 데려왔다. 영문을 모르는 아이들은 평소보다 이른 귀가인데다 더구나 할미가 데리러 와서 더욱 신이 났다.

아이들은 이미 여러 차례 이런 방문객들을 상대해 본 터라 별로 낯을 가리지 않는다. 이래서 학습 효과란 무시할 수 없는 것인가 보다. 방문객은 아이 육아 경험이 많은 40대 후반의 아주머니 작가인데다 배려심이 많아서 아이들을 노련하게 다룰 줄 안다. 그 바람에 아이들은 스스럼없이 인터뷰와 사진 촬영에도 응한다. 이렇게 화기애애한 분위기가 흐르고 있는데 참으로 발칙한 아이의 발언이 튀어나왔다.

거실에만 머무르기가 지루했는지 휘수가 긴급 제안을 한다.

"날씨도 좋은데 우리 마당으로 나갈까요?"

손님들도 우리 내외도 다들 놀라 서로의 얼굴만 쳐다보았다. 휘수는 늘 이렇다. 그렇잖아도 할아비 눈에는 예뻐 죽겠는데 입에서 나오는 말까지도 이렇게 멋지게 에둘러 할 줄 아는 그 재치에 늘 감탄을 금치 못한다.

우리들은 오늘 처음 만난 사이지만 아이들의 재치와 재롱으로 방문객들도 오랜 지기처럼 편안한 분위기에 빠져들고 말았다. 이래서 아이들이란 음식의 맛을 더하는 양념처럼 사람 사이의 벽을 허무는 필수적인 존재인가 보다. 덕분에 신이 난 사진기자는 덤으로 연신 셔터를 눌러댔다. 손자들과의 소중한 추억 하나가 오늘 또 이렇게 알뜰히 쌓여 간다.

저녁 무렵 작은아이를 데리러 온 아들 내외는 온 김에 큰딸까지 데려가고 싶어 아이를 달랜다. 치즈케이크를 만들어 줄 테니 아파트로 가자며 아이를 유혹해 본다. 그 말에 잠시 흔들린 아이가 따라가겠다고 했다가 이내 마음을 고쳐먹었다.

같이 가지 못해 못내 아쉬워하는 제 부모랑 동생도 돌아가고 난 뒤 할미와 둘이 즐거운 저녁 한때를 보냈다.

둘이 떠드는 웃음소리가 그지없이 정겹게 들린다. 휘수가 훌라후프 돌리기를 열두 개나 했다며 좋아하는 할미의 목소리에 힘이 잔뜩 들어 있다. 안방으로 달려와 할아비에게 자랑하는 아이에게 칭찬 한 마디가 빠질 수 없다.

"우리 휘수가 유치원 친구들 중에서 훌라후프 돌리기를 제일 잘할걸? 선생님한테 칭찬해 달라고 일기장에다 써야겠네!"

2014. 6. 23

조심해야지요!

평소보다 조금 일찍 잠이 깬 휘수의 행동이 아무래도 심상치 않다. 유치원에 가지 않겠다고 버틴다. 근래에는 이런 일이 한 번도 없었는데 참 알다가도 모를 일이다. 왜 그러냐고 아무리 달래 봐도 막무가내로 울기만 한다. 혹시 유치원에서 무슨 언짢은 일이라도 있었던 것일까?

아무 것도 먹지 않고 보채기만 했던 아이는 유치원 버스가 나타나도 승차를 거부해서 할 수 없이 버스를 돌려보냈다. 할미도 나도 아이 달래기에 지쳐 인내의 한계를 드러내고 말았다. 그렇잖아도 아침마다 두 아이 거들기에 지치게 마련인데 이런 날이면 거의 파김치 신세가 되고 만다.

짜증이 난 할미는 노골적인 불만을 털어놓는다.

"제 아비 키울 때도 그렇게 울어대더니 요것마저 내 속을 태우네.

너 오늘부터는 네 아비 집으로 가거라!"

아침부터 매까지 들고 아이와 씨름을 한 터라 집안 분위기가 살벌하고 침울하다. 제 언니 야단치느라 큰소리가 나오자 작은아이는 그것이 마치 제 잘못이기라도 한 양 눈치를 살폈다. 다른 날처럼 떼를 쓰지도 않고 한결 고분고분한 태도로 변했다.

사실 나도 아이가 미운 짓을 하며 속을 끓일 때마다 아이보다 제 부모들이 괘씸하다는 생각이 들 때가 많다. 어린 걸 두고 서운한 마음을 가져서는 안 되겠지만 늙은 부모의 이런 고충을 몰라주는 아이 부모들의 무심한 태도가 못마땅한 게지. 하긴 저희들이 이런 부모 마음을 알아주려면 앞으로도 몇 십 년은 더 지나야 할지도 모른다.

아이들 때문에 아침부터 진땀을 빼서 그런지 내자도 나도 우울하게 하루를 연다. 버스를 놓친 탓에 따로 아이를 데려다주어야 했다. 할미는 그렇잖아도 큰아이 일로 속이 상해 있는데 골목길에서 불쑥 튀어나온 다른 차를 피하느라 급히 브레이크를 밟았다. 놀란 가슴을 쓸어내리고 있는데 이때 자동차의 뒷좌석에 앉은 작은아이의 입에서 뜻밖의 말이 튀어나왔다.

"그렇게 하면 어떡해요? 조심해야지요!"

정색을 하며 할머니더러 조심해서 운전하라는 아이의 힐책이 날아온다. 화를 내려던 할미의 마음을 일거에 녹여버리고 말았다.

담임교사를 만났더니 유치원에서는 별일이 없었다는 대답이다. 아마도 아침잠이 모자라서 괜히 짜증을 부린 것인가? 유치원에 도착하자 아이의 태도가 조금은 누그러졌다.

아이들을 유치원에 보내 놓고도 하루 종일 마음이 울적했다. 아침부터 울고 간 아이가 유치원에서는 잘 지내는지 그 생각뿐이었다. 더구나 오늘은 발레 학원에 가는 날인데 잘 먹지도 못한 아이가 힘들어 하지나 않을지 모르겠다.

2014. 6. 24

2014년

7월

유수는 두 개를 좋아해
아이의 마음은 예쁜 옷감
그래도 할머니가 좋아
큰딸이 보고 싶어서
엉덩이가 빤쯔를 씹어버렸어
할아비의 아침
나 대단하지요?
하빠 방에서 잘 거야
할아버지는 휘수 편만 드시잖아요?
아스퍼거 신드롬(Asperger Syndrome)

유수는 두 개를 좋아해

유수는 어딜 가나 귀여움을 독차지한다. 또래 아이들보다 워낙 말을 잘 하니까 의사 표현이 귀엽고 재미있다. 거기에다 친구들을 잘 챙겨 주어서 결과적으로 교사들의 일손을 덜어 주기까지 하니까 조교 노릇을 톡톡히 하는 셈이다. 요새는 유치원 갈 때마다 친구들 먹인다며 과자나 사탕을 가져가려 한다. 친구들과 같이 갖고 논다며 장난감도 꼭 챙긴다. 그 또래 아이들이란 대개 제 몫 챙기기에만 급급하게 마련인데 이 아이는 매사에 남을 배려할 줄 아는 놈이니 참으로 신통하다.

또 먹을 것이 생겨도 늘 언니 몫을 걱정한다. 냉장고에서 아이스크림을 찾을 때도 꼭 두 개씩 고른다. 누가 먹을 것을 주어도 염치 불구하고 언니 것도 달라고 할 만큼 언니를 생각한다. 이런 아이의 언동을 바라보노라면 누구라도 결코 미워할 수 없는 그지없이 사랑스러운 말괄량이다.

아이가 자꾸 입이 아프다며 손가락을 입에 넣는다. 얼마 전에 수족구병에 놀란 적이 있어 마음이 다급해진다. 아무래도 그냥 두어서는 안 되겠기에 바로 병원에 데려가게 했다. 병원에 같이 간 아비에게서 전화가 왔다. 아이들에 관한 일로 전화라도 오면 늘 긴장하는 버릇이 되살아나곤 한다. 더구나 병원에서 걸려 온 전화라면 걱정이 앞서는데 아이의 병은 별것이 아니라고 하니 일단 마음이 놓인다.

그 대신 오늘 병원에서 있었던 에피소드 한 토막이 온 식구들의 얼굴을 환하게 만들었다. 진료를 기다리고 있는데 아이의 눈에 과자 통을 든 한 아이가 들어왔나 보다. 여섯 살인 그 아이는 피해 다니고 유수란 놈이 그 뒤를 쫓아다니더란다.

"친구야, 그거 두 개만 주라!"

오늘 처음 본 낯선 아이, 더구나 저보다 세 살이나 더 먹은 아이에게 서슴없이 친구라며 달려드는 넉살은 도대체 어디에서 나왔을까? 아마도 아이는 그 과자가 먹고 싶었을 테고 또 그 과자를 제 언니와 같이 먹고 싶었던가 보다.

요새 아이는 며칠 전에 제 어미가 사다 준 숫자 놀이판에 푹 빠져 지낸다. 할아비가 아이의 마음속을 가만히 들여다보니 지금 아이가 가장 좋아하는 수는 틀림없이 둘이 아닌가 싶다.

2014. 7. 5

아이의 마음은 예쁜 옷감

아침마다 유수를 유치원에 데려다주는 것마저도 만만치 않은 일이 된 지 오래다. 유치원에 가기 싫은 아이는 온갖 이유를 대며 유치원 가기를 머뭇거린다. 물고기 밥을 주어야 한다거나, 앞집 강아지를 만나러 가겠다거나, 텔레비전을 봐야 한다거나, 2층에 올라가고 싶다거나 등등 이유는 얼마든지 만들어낸다.

이럴 때 일일이 아이에게 맞장구치다 보면 유치원에 데려가기가 더 어려워진다. 더구나 누군가와 약속이라도 있는 날이면 그에 맞추느라 늘 마음이 급하다. 그래서 모른 척하고 슬그머니 안아서 데리고 나와야 한다. 물론 처음에는 울고불고 떼를 쓰지만 일단 차에 태우고 나면 언제 그랬냐는 듯이 조금 후에는 잠잠해지곤 한다.

차 안에서도 아이가 딴 생각을 하지 않도록 화제를 돌려버려야 한다. 차창 밖에 펼쳐진 풍경을 내다보며 말을 건넨다.

"유수야, 저기 저 수염 달린 건 옥수수란다. 참 맛있지? 너 잘 먹잖아? 또 저기 저건 해바라기야. 이제 조금 더 있으면 예쁜 꽃이 필거야."

할아비 말을 건성으로 듣고 있다. 어느새 아이의 손이 콧구멍을 후빈다. 그러더니 슬그머니 코딱지를 할아비 옷에다 문지른다.

"유수 너, 지금 뭐 하고 있지?"

"코가 막혀서 그래."

씩 멋쩍은 웃음을 흘리면서 아이가 넉살을 피운다.

"코딱지에는 병균이 우글거리니까 다음부터는 그러지 마라?"

"죄송합니다…"

이러니 아침부터 집안 분위기는 아이가 쥐락펴락한다. 이럴 때면 아이의 마음을 아주 예쁜 옷감으로 비유해 보고 싶어진다. 그걸 꼭 짜면 귀염성과 장난기가 그득히 배인 예쁜 물이 뚝뚝 떨어질 것만 같다.

또 뭔가 생각이 나는지 아이가 갑자기 화제를 바꾼다.

"하빠, 그런데요. 선생님이 유수 엉덩이를 때렸어요."

"어떤 선생님이 우리 유수를 때렸을까?"

"으음, '석호' 선생님이 그랬어요?"

이건 분명히 남자 같은데 아이가 왜 이런 이름을 들먹일까?

"우리 유수가 예뻐서 선생님이 엉덩이를 어루만져 줬구나?"

"아니요, 유수가 잘못해서 맞았어요."

제 잘못을 솔직히 인정하는 아이가 더욱 귀여워 보인다.

이윽고 어린이집에 도착하자마자 교사에게 물어보았다.

"우리 유수가 석호 선생님한테 엉덩이를 맞았다고 하네요. 그런 선생님이 계신가요?"

"아 예, 가끔씩 놀이 지도를 하러 오는 남자 선생님이에요."

한눈에 봐도 대답하는 교사가 당황해 하며 어색한 웃음으로 얼버무리고 있다.

"유수가 말을 얼마나 잘하는지 몰라요. 호호…"

2014. 7. 8

그래도 할머니가 좋아

평소에 손녀들이라면 사족을 못 쓰는 손녀바보 할매지만, 놀러 가자는 또래 할매들의 유혹을 받으면 마치 기다렸다는 듯이 잠시 기억장치가 작동을 멈추고 손녀들의 존재를 까맣게 잊어버린다. 오늘도 할매는 1박 2일 여행을 떠났다. 할매가 없는 날이면 집에 남은 다섯 식구들의 생활 리듬이 확 바뀌고 만다.

아침마다 할아비 집을 찾아오던 유수는 잠도 덜 깬 상태에서 이른 시간에 가기 싫은 어린이집으로 가야 한다. 할아비 혼자 아이 둘을 데리고 있기가 너무 힘든 걸 잘 아는 어미가 출근길에 직접 데려다주겠다고 한다. 이때 생활 리듬이 깨져버린 아이는 몹시 힘겨워 할 것이다. 눈만 뜨면 보던 할아비를 못 만나니 아이의 상심이 얼마나 클까? 또 할매와 둘이 분담하던 휘수 유치원 갈 준비를 혼자 해야 하니 아이도 할아비도 무척 분주하다.

× 2014. 7 ×

아이 건사하기에도 바쁜데 하필 이런 날이면 아이의 어미 아비는 미안하고 걱정된다며 뻔질나게 전화를 걸어온다. 귀찮다며 하지 말라고 말려도 제 딴에는 전화로 인사라도 차리는 것이 도리라고 생각하는 모양이다.

또 하나 나를 귀찮게 하는 사람이 있다. 가까이 사는 딸이다. 친정 어미가 집을 비우는 날이면 끼니때마다 아비를 걱정하는 전화를 해댄다. 아비 식사 수발을 핑계로 찾아오기라도 하면 오히려 내가 더 불편하다. 이제 8개월째에 접어드는 외손자 담이를 꼼짝없이 내가 돌봐 주어야 하니 그야말로 위문이 폐문이 되고 만다.

가족이란 어떤 존재인가? 어렵고 힘들 때 서로 걱정하고 거들어 주는 애틋한 인연이지 않은가? 그렇지만 넘치는 정이 오히려 부담스러울 때도 있는 법이다.

오늘 밤에도 휘수는 제 아비 집으로 가지 않고 할아비와 자겠다고 한다. 유치원에서 돌아온 아이는 할미가 없는 줄 알고 제법 어른스러운 제안을 한다.

"오늘은 텔레비전도 조금만 보고 밥도 잘 먹을 거예요. 그리고 말썽은 조금만 피울게요."

그래, 그 약속이 얼마나 오래 가나 두고 보자. 나는 의혹의 눈초리로 아이의 거동을 살펴본다. 처음 1시간 정도는 그럭저럭 잘 놀더니 배가 고프다며 저녁을 일찍 먹자고 재촉한다.

저녁을 먹고 나자 심심한지 텔레비전을 한 번만 보자고 조른다. 정해 준 시간이 되자 아이는 아쉬운 듯 자꾸 더 보고 싶어 하는 눈치다. 그래도 약속을 꼭 지켜야 한다는 의식을 심어 주고 싶어 눈 딱 감고 텔레비전을 꺼버렸다.

텔레비전도 못 보게 하고 야구 중계에 푹 빠진 할아비가 같이 놀아 주지도 않자 아이 혼자 색종이 오리기를 한다. 종이에다 꽃과 별과 하트 모양을 그리더니 가위로 예쁘게 오린다. 그걸 사람들 눈에 잘 띄는 소파의 방석 위에 올려놓는다.

"할머니가 돌아오면 선물로 주려고요. 이거 예쁘지요?"

아이는 지금 집에 없는 할머니 생각이 많이 나는가 보다.

할머니도 없어 짜증이 나는지 아이는 온갖 핑계를 꺼낸다. 날씨가 덥다고 하다 옛날이야기를 해달라고 하다 기어이 할미를 찾는다. 몇 차례 전화를 걸었지만 일행들과 노닥거리는지 그마저도 받지 않는다. 끝내 아이가 울음을 터뜨리고 만다.

"할머니가 보고 싶어!"

"늘 야단만 치는 할머니가 그렇게도 좋으냐?"

"그래도 할머니가 좋아, 우리 할머니 어디 갔어?"

본격적인 더위에다 끈끈한 장마철에 접어들어 가만히 있어도 땀이 줄줄 흐르는 날씨인데, 울며 달려드는 아이를 안아 주려니 참으로 못할 짓이다.

2014. 7. 9

큰딸이 보고 싶어서

저녁 무렵이 되자 유수가 찾아왔다. 대문 앞에서부터 아이의 요란스러운 웃음이 산골의 정적을 깨뜨린다.

"하빠-, 할매-, 언니야, 유수 왔어요!"

할매의 여행으로 어제 하루 못 만난 하빠와 할매와 언니가 보고 싶어 작은아이가 보채는 통에, 제 어미가 무척 시달린 모양이다. 퇴근길에 작은아이의 성화를 견디지 못해 데리고 나타났다. 이제는 말 못하는 개 흑비까지도 유수가 오면 한달음에 뛰쳐나가 반긴다. 이러니 작은아이의 등장은 온 집안을 들썩이게 만든다.

식구들이 다 모이자 자연스레 아이들의 공연이 시작된다. 큰아이는 요즘 한창 재미가 붙은 훌라후프 돌리기 기록에 도전한다. 며칠 전에 세웠던 70개를 훌쩍 뛰어넘어 76개까지 돌렸다. 이제 요령이 붙은 아이는 다리 쪽으로 내려간 것도 다시 올리는 능수능란한 기술로 여유까지 부린다.

이웃집 부끄러운 줄도 모르고 박수와 괴성이 울려 퍼진다. 마치 김연아 선수라도 된 듯 신이 난 아이는 가쁜 숨을 몰아쉬며 함박웃음을 짓는다. 언니 흉내를 내 보는 작은아이의 어설픈 동작이 더 배꼽을 잡게 만든다. 작은아이는 몸이 유연한 제 언니를 도저히 따라가지 못하지만 그마저도 귀엽고 앙증맞아 웃지 않고는 배겨낼 수가 없다.

엉덩이를 흔들어 보라고 하면 엉덩이는 가만히 있고 상체만 흔들어 대는, 그야말로 몸치 수준이다. 아이는 평소에도 엉덩이를 쑥 내밀고 양팔을 좌우로 흔들면서 뒤뚱뒤뚱 걷는다. 아이의 걸음걸이, 장난기 어린 얼굴, 아직 균형 잡히지 않은 몸매 자체가 보는 이의 웃음을 자아내게 한다. 여독이 풀리지 않던 할미도, 더위에 지친 할아비도, 직장 생활의 피로가 가시지 않던 아이 부모들도 그 시름들을 모두 날려버렸다.

큰 잔치의 뒤가 더 허전하고, 멋진 공연의 뒤끝은 여운이 많이 남게 마련이다. 실컷 웃고 떠들다 집으로 돌아갈 시간이 되자 다시 모두에게 힘든 시간이 찾아온다. 눈치 빠른 휘수는 얼른 안방 침대로 숨어버렸고, 유수는 아파트로 안 가겠다고 울부짖는다.

이렇게 헤어질 때마다 떨어지기 싫어하는 작은아이가 짠해서 나도 견디기가 힘들다. 아이 아비에게 투덜거린다.

"다음부터 저녁에는 아이를 데려오지 마라. 돌아갈 때마다 아이가 저렇게 힘들어 하지 않니?"

그러자 아들 녀석의 볼멘소리가 날아온다.

"실은 큰딸이 보고 싶어서 이렇게라도 찾아올 수밖에 없어요."

며칠 전에 휘수가 했던 말을 아비에게 차마 그대로 전할 수는 없었다.

'아파트에서는 무서운 꿈을 꾸어서 싫어요.'

2014. 7. 10

엉덩이가 빤쯔를 씹어버렸어

동네에 나가도 어린이집에 가도 사람들은 우리 유수를 보고, "어쩌면 그렇게 말을 잘하느냐?"고 다들 놀란다. 또래나 더 큰 아이들을 둔 집에서도 자신의 아이들에 비해 월등히 말을 잘하는 걸 보면 부러움과 시샘이 그득한 눈으로 바라본다.

오늘은 일요일이라 다들 우리 집으로 모였다. 아이들은 온 식구들이 다 모이는 이런 시간을 더없이 기다린다. 가만히 앉아 있어도 땀이 흐를 만큼 무더운 날씨다. 아이들은 얼굴에 땀이 송골송골 맺혀도 아랑곳하지 않고 그저 좋아서 온 집안을 휘젓고 뛰어다닌다.

한참을 잘 놀던 아이가 갑자기 불편한 표정을 짓자 아이의 어미가 아이에게 다가가서 얼굴을 살핀다.

"유수야, 어디 아픈 거야?"

"아니, 엉덩이가 빤쯔(팬츠)를 씹어버렸어!"

흐르는 땀으로 인해 팬츠가 엉덩이 사이에 끼었다는 말을 아이는 이렇게 표현한 것이다. 나는 이제껏 이렇게 재미있는 표현을 들은 적이 없다. 어떤 멋진 시인이 어떤 재담가가 이만한 경지에 이른 사람이 있었던가? 최연소 시인 자매가 탄생하려나? 에이 또, 바보 하빠!

아마도 작은아이는 제 언니의 그 빼어난 언어 감각을 닮은 것일까? 며칠 전에는 아이들의 노는 모습을 보고 있던 할미가 귀엽고 재미있어서 박장대소를 한 적이 있었다. 그러자 큰아이가 할미에게 다가오더니 난데없이 할미의 치마를 들추고 배를 만져 보는 바람에 할미가 깜짝 놀랐단다.

"너 이게 무슨 짓이냐?"

그러자 아이는 장난기를 담은 얼굴로 이렇게 대꾸했다고 한다.

"할머니 배꼽 나갔는지 보려고."

아마도 배꼽 빠지게 웃는다는 어른들의 말을 확인하느라 그랬던 것이 아니었을까?

2014. 7. 13

할아비의 아침

아침잠이 없는 편인 나는 대개 6시 이전에 일어난다. 가장 먼저 화장실에 들러 양치와 세수와 면도를 하는 것부터 시작한다. 손녀들이 잠을 깰 때 안아 줘야 하는데 냄새를 풍기면 아이들의 기분을 상하게 할까 봐 그렇고, 혹시 면도를 하지 않아 안기는 손녀들이 수염에 긁힐까 봐 염려해서다. 이제는 손녀들을 위한 철칙으로 지켜 오는 오랜 습관이 되었다.

그런 다음에는 밤새 별일이 없는지 집 안팎을 살피고 텃밭을 둘러보는 것이 중요한 일과다. 우리 집과 인연을 맺고 살아가는 생명들의 안녕을 보살피는 일이기 때문이다. 개와 물고기들과 온갖 채소와 곡물들이 바로 그들이다. 세상살이의 요령도 어수룩하고 그리 살뜰하지 못한 내 손길 탓으로 더 잘 돌보지 못한 것이 늘 미안한 일이지만, 주인을 잘못 만난 그들의 운명이니 어쩔 수 없는 일일 게다.

× 2014. 7 ×

유수가 우리 집을 찾아오는 8시경까지는 신문을 읽고 대문 쪽을 내다보며 아이를 기다린다. 비가 오지 않는 날이면 마당의 그네에 앉아 얼른 아이를 맞이한다. 잠도 덜 깬 아이를 꼭 안아서 집 안으로 들여온다. 아이를 데려올 때마다 어미와 떨어져 지내는 그 모습이 하도 측은해서 누가 보지 않으면 금방 눈물을 쏟아낼 것만 같은 기분이다.

잠이 모자라는 아이는 아침마다 많이 보챈다. 아이의 짜증을 받아주다 보면 아침부터 진땀이 흐르지만 이 어린 것의 상심을 생각하면 할아비의 고통쯤은 그에 비할 바가 아니라고 생각해야겠다. 도리어 아이가 내게 전해 주는 기쁨과 보람이 그걸 상쇄하고도 한참이나 남는다.

아이는 요즘 '바다탐험대 옥토넛'이라는 애니메이션에 푹 빠져서 그것만 틀어 달라고 조른다. 여자아이 취향치고는 참 특이하다. 언니는 '백설공주'를 좋아하는데 요놈은 그게 싫다고 한다. 백설공주에 나오는 컴컴한 산속 풍경이나 마녀를 무서워해서 그런 것 같다.

만화영화에 몰두하는 아이의 진지한 태도가 그지없이 귀엽다. 잠깐 장난을 치고 싶어 일부러 영어로 된 걸 틀어 주며 반응을 살펴본다. 한참을 들여다보더니 손과 머리를 가로젓는다.

"이게 아니야, 다른 것 틀어 줘!"

만화영화에 빠져들면 끝도 없이 보려고 한다. 오늘도 어린이집에 안 가겠다고 울고불고 한참 실랑이가 길어졌다. 물론 할머니 할아버지가 다시 데리러 오겠다는 약속을 듣고 나서야 겨우 데려갔다. 무슨 일이 있어도 아이와의 약속은 꼭 지켜야 한다. 아이가 워낙 기억력이 좋기도 하고 약속을 어겼다가는 아이가 실망하는 걸 지켜볼 엄두가 나지 않기 때문이다.

내일은 초복이다. 저녁 무렵 아이를 데리러 가는 길에 작년에 한 것처럼 큰 수박 한 덩이를 사 들고 어린이집을 찾아가야겠다. 부자가 아닌 이 할아비가 할 수 있는 최소한의 도리라 생각한다.

2014. 7. 17

나 대단하지요?

오늘은 우리 나이로 나의 예순네 번째 생일이다. 내가 알기로는 지구상에서 오로지 우리나라만 한 살을 더 쳐준다고 한다. 사람의 시작은 어머니 뱃속에서부터라는 우리 조상들의 지혜가 아무리 생각해도 절묘하기만 하다. 우리 형법에도 사람의 주체를 태아 때부터 기산(起算)하니까 지극히 합리적인 나이 계산법이라 생각한다.

어려서는 부모님들이 애틋하게 생일을 기억해 주셨고, 결혼해서는 내자가 그걸 대신하더니, 몇 년 전부터는 아들과 딸이 꼬박꼬박 챙겨준다. 더 먼 훗날에는 손자들이 그렇게 해 줄 날이 찾아올 수도 있겠다는 호사스러운 상상을 해 본다.

나이 한 살 더 먹는 게 그리 기분 좋을 일도 아닌 나이가 되었지만 어쨌든 올해도 자식들 덕분에 생일상을 받았다. 이곳 전라북도에 달랑 옷 가방 하나만 들고 단신으로 찾아든 것이 37년 전인데 그 사이에 일가를 이루고 혈육이 참 많이 불어났다.

곡절 많은 인생에 과연 내가 어른 노릇을 제대로 하고 있는지 뒤돌아보기도 한다.

날씨도 무덥고 번거로울 것 같아 집이 아닌 동네 음식점에서 조촐한 회식으로 대신했다. 식사를 마치고 집으로 돌아오는 차 안에서 벌어진 일이다. 근 20년 동안 단 한 차례도 빠짐없이 내 생일에 찾아 준 큰처남의 차를 타고 귀가하던 길이었다. 작은손녀 유수를 유난히 귀여워하는 '떵 할아버지'가 운전대에 아이의 손을 얹게 하고 아이가 운전하는 것처럼 배려해 주었다. 오는 동안 내내 처남은 아이를 위한 배려를 잊지 않았다.

"우리 유수가 운전을 참 잘하는 구나!"

운전을 잘한다는 말에 아이는 더욱 신이 났다. 집에 도착하자 처남이 아이에게 짓궂은 한마디를 건넨다.

"오늘 유수가 운전하느라고 수고했어요."

그러자 아이는 재치가 번뜩이는 대꾸로 맞받아친다.

"나 대단하지요?"

동승한 사람들이 너무 놀라 입을 다물지 못하고 말았다. 아이는 할아비의 생일에 가장 멋진 어록 선물을 안겨 주었다. 아마도 아이는 내일 어린이집 친구들에게 자신이 운전을 했노라고 자랑을 하겠지?

2014. 7. 20

하빠 방에서 잘 거야!

길고긴 마른장마 끝에 마침내 비다운 비가 쏟아진다. 빗소리에 섞여 창밖에서 낯익은 웃음소리가 들린다. 분명히 오늘 계획에도 없던 일인데 내자가 유수를 데려왔다. 힘들게 왜 데려왔느냐고 묻자 아이가 너무 보고 싶어 어린이집을 찾아갔다고 한다. 보고 싶은 마음이야 나도 마찬가지이긴 하지만 아이가 우리 집에 왔다 제 집으로 돌아갈 시간이면 식구들 모두 너무 힘들어 하니까 되도록 저녁때는 데리고 오지 않기를 바라곤 한다.

아무튼 할아비 집을 찾아든 아이는 입이 함박같이 벌어졌다. 집에 들어서자마자 대뜸 할아비 손을 잡아끌더니 텔레비전 리모컨을 안겨주며 '백설공주'를 틀어 달라고 조른다. 이 무더운 날 넉살 좋게 할아비 무릎에 앉아 텔레비전을 시청하겠단다. 아이는 며칠 전까지만 해도 마녀와 사냥꾼이 나오는 장면이 무서워서 백설공주를 보지 않으려

했었다. 그런데 어느새 제 언니의 취향에 맞추기로 했는지 모르겠다.

"하빠, 나 이젠 백설공주 안 무서워요."

말은 그렇게 하면서도 무서워하던 그 장면이 나올까 봐 할아비 품에 꼭 안겨서 시청한다.

퇴근한 제 부모들이 찾아와 저녁 식사도 같이 하고 한참을 떠들썩하게 잘 놀다가 돌아갈 시간이 되었다. 아이 부모들이 집으로 가자고 재촉한다.

"유수야, 이제 우리 집으로 가야지?"

그러자 아이의 표정이 싹 달라지며 안방으로 피신하더니 앙칼지게 대꾸한다.

"안 갈 거야. 나 여기에서 잘 거야!"

마침 밖에는 굵은 장대비가 쉴 새 없이 창문을 때리고 있다.

이런 아이가 귀엽고 안쓰러워 할미가 아이의 마음을 떠본다.

"유수야, 그러면 언니만 아파트로 보내고 너는 하빠랑 할매랑 여기에서 같이 잘까?"

"응, 언니만 보내버려! 나는 하빠 방에서 잘 거야!"

비도 많이 내리고 이대로 아이를 아파트로 데려가면 아이의 상심이 너무 클 것 같아 오늘은 제 부모들도 우리 집에서 같이 자기로 했다. 이제 이렇게 버릇을 들여놓았으니 앞으로 아이는 더 자주 할아비 집에서 자겠다고 할 것이다.

2014. 7. 24

할아버지는 휘수 편만 드시잖아요?

이제 본격적인 무더위가 시작되는가 보다. 이번 주에는 유치원도 어린이집도 여름방학이라고 한다. 아이 부모들이라도 아이들 방학 기간에 맞춰 휴가를 얻으면 좋겠지만 직장의 말단 직원 처지라서 그런지 그마저도 마음대로 하지 못한다. 이 혹서에 아이들에 묶여 지낼 열흘 동안이 만만치는 않게 생겼다.

그나마 우리 집은 내자와 둘이 아이들을 돌보니까 그래도 좀 나은 편이지만 아이 맡길 사람이 없는 집에서는 방학이 참 난감하겠다는 생각이 앞선다.

외손자 겸이도 방학이라며 우리 집을 자주 찾아온다. 아이들은 아이들끼리 어울리고 싶어 한다. 아이들은 하루만 못 봐도 서로 제 사촌들을 찾는다. 어른들의 걱정은 아랑곳하지 않고 방학 동안 우리 집은 손자들의 즐거운 놀이터가 될 것이다. 무엇이 그리도 좋은지 온 집 안을 쏘다니며 떠들고 웃다가 때로는 한바탕 싸우는 바람에 판이 깨지기도 한다.

아이들은 주로 장난감 같은 걸 서로 차지하려다 싸움으로 번지는 경우가 많다. 더구나 겸이는 아이들 중에 가장 손위다. 거기에다 남자애라서 제 성질을 못 이기면 힘으로 해결하려고 한다. 그래서 힘에서 부친 여자애들을 울리기 일쑤다. 여자애들의 주 무기인 울음소리에 어른들도 깜빡 넘어가서 꼼짝없이 겸이가 가해자로 몰리곤 한다.

싸우는 아이들을 똑같이 나무라도 겸이는 제가 억울하다고 생각하는 것 같다. 상대가 여자애들이라서 저만 더 크게 야단을 맞는 것으로 오해를 한다. 겸이가 마음 상해 할까 봐 조용히 따로 불렀다.

"겸아, 할아버지는 우리 겸이도 똑같이 사랑한단다. 알았지?"

하고 꼭 안아 주었더니 아이의 눈에 눈물이 고인다.

"할아버지는 휘수 편을 더 드시잖아요?"

"아니야, 겸이랑 휘수랑 유수랑 담이랑 다 똑같은 할아버지 손자야. 할아버지가 우리 겸이를 사랑하니까 너 유치원에 데려다줄 때마다 사탕도 주잖아? 안 그래?"

"알겠어요."

마침내 아이의 얼굴에 웃음기가 번진다. 사탕 한 알이 위력을 발휘하는 순간이다. 사람들은 큰 것에는 놀라기만 할 뿐이지만 작은 것에는 감동한다는 말이 떠오른다.

2014. 7. 28

아스퍼거 신드롬(Asperger Syndrome)

역시 예상했던 대로 이번 여름방학은 하루하루가 마치 군대의 유격 훈련장 코스를 도는 것 같다. 유치원에 안 가고 아침부터 하루 종일 아이들의 생활 리듬에 맞춰 주려면 어른들의 생활은 아예 숨어버리는 셈이다. 여름이 괴로운 내자는 마음대로 화풀이도 할 수 없는 대상인 두 손녀들 때문에 속병이 깊어만 간다.

어제는 전주 지방의 기온이 36도가 넘었다고 한다. 이런 무더위도 아랑곳하지 않고 온종일 부산하게 쏘다니는 아이들의 몸에서는 땀방울이 뚝뚝 떨어진다. 머리에서는 열기와 땀으로 쉰내까지 풍긴다. 무엇이 그리도 바쁜지 활동량이 왕성한 아이들 동선을 쫓다 보면 속일 수 없는 체력 탓에 참으로 괴롭다.

아이들이란 참 이상하다. 유치원에 안 가는 날은 아침에도 더 일찍 일어나고 낮잠도 안 잔다. 낮잠이라도 자야 어른들도 좀 쉬는 시간을 가질 텐데 왜 이러는지 모르겠다. 어른들 마음과 상관없이 그저 유치원에 안 가는 것이 더 신이 나는 모양이다.

무더운 날 집 안에만 박혀 있기가 답답해서 아이들과 마트로 나들이를 하기로 했다. 냉방 시설이 잘된 넓은 매장에 들어서자 아이들의 호기심에 불을 붙인 형국이 되고 말았다. 신기한 것투성이인 온갖 상품들 사이로 너른 공간이 펼쳐지니 아이들은 쌓인 스트레스를 날려버리려는 듯 마구 소리를 내지르며 뛰어다닌다.

그 덕분에 잠깐 동안 피서는 잘한 셈이지만 어쩐지 다른 사람들의 눈총을 받은 짓은 아니었는지 뒷맛이 개운치 않다. 다른 사람들 눈에도 나처럼 아이들이 그렇게 귀엽고 사랑스럽게만 보이지는 않았을 것이다.

언젠가 책에서 본 아스퍼거 증후군(Asperger Syndrome)이 떠오른다. 공중 장소에서 천방지축으로 떠들고 뛰어다니는 아이들은 다른 사람들의 눈살을 찌푸리게 한다. 그러나 아이의 부모는 남의 불편보다 아이의 기를 살려야 한다는 생각이 앞서 아이의 행동을 제지하지 않는 것이다. 바로 이러한 현상을 아스퍼거 증후군이라 일컫는다. 책은 이런 극도의 이기심을 방치하면 나중에 성인이 되어서도 그 버릇을 못 고쳐 더 큰 사회적 불편(Sasperger=Social Asperger)을 저지르게 된다는 걸 경고하고 있다. 내 손자들을 결코 그렇게 키우지는 않으리라.

2014. 7. 30

2014년

8월

브라질로 가 버려라!

나는 백설 공주를 보고 싶은데

도깨비 이야기

엄마 없는 날

담(潭)이의 비상소집

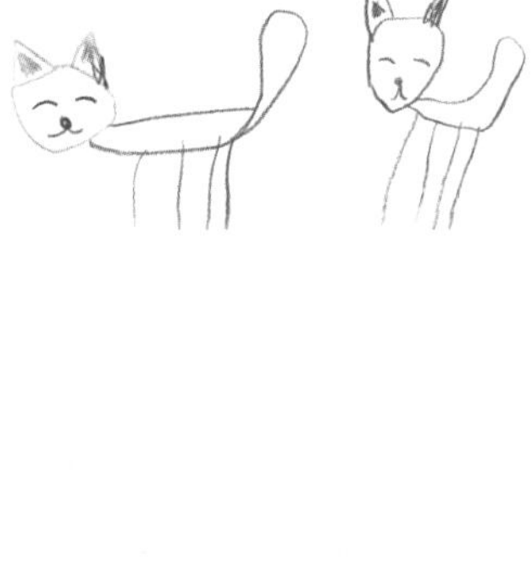

브라질로 가 버려라!

밤 9시가 되면 잠자리에 들기로 약속을 한 터라 아이는 이 시간이면 유독 어른들 눈치를 많이 살핀다. 휘수는 아직 잠들 생각이 없는 모양이다. 거실에 더 머물다가는 어른들의 따가운 눈총을 받을 것이 부담스러운지 슬며시 안방의 할아비에게 다가온다.

"할아버지, 저 할 말이 있는데요?"

"그래, 무슨 말을 하고 싶으냐? 지금 유수가 하빠 옆에서 자고 있으니까 목소리를 좀 작게 해 줄래?"

낮잠도 안자고 신나게 놀던 작은아이는 곤했는지 저녁을 먹다 말고 마룻바닥에 쓰러지더니 그대로 깊은 잠에 빠져들었다. 방학을 맞아 서울로 강습을 떠난 제 어미를 한 번도 찾지 않고 하루 종일 할미 할아비와 붙어 지냈다. 목소리를 한껏 낮춘 휘수는 시계를 잘 볼 줄 알면서도 일부러 묻는다.

"할아버지, 지금 9시 넘었나요?"
"그래, 너 잠이 안 오는구나."
"예, 조금 늦게 자면 안 돼요?"
"잠이 안 오면 조금 더 있다 자거라."

아이는 할아비 말에 안심이 되는지 더 가까이 다가오더니 본론을 털어놓을 참인가 보다. 때맞춰 텔레비전 9시 뉴스에서는 태풍 '나크리'가 올라오고 있다는 기상특보가 방영되고 있다.

"그런데요, 태풍이 온다는데 대한민국으로 오나요?"
"너 그 말을 하고 싶었구나! 지금 방송에서 우리나라를 지나간다고 하고 있지 않니?"
"태풍이 오면 바람이 많이 불잖아요? 나무도 쓰러지고 유리창도 깨지지요? 우리 흑비 날아가면 어떻게 해요?"
"그래, 우리 휘수가 잘 알고 있구나!"
"그런데 태풍은 왜 오는 거예요?"

아이가 알아듣기 쉽게 얼른 설명할 자신이 없어 얼렁뚱땅 넘기고 말았다.

"그건 태풍한테 물어봐라?"

할아비의 대답에 다소 실망한 듯 혼자 중얼거린다.

"태풍아, 태풍아, 너 우리나라로 오지 말고 브라질로 가 버려라!"

아이는 요즘 세계지도를 보는 재미에 푹 빠졌다. 며칠 전에 사 온 책의 첫 장을 펼치면 세계지도가 나오는데 나라 이름이 적힌 걸 보면 뭐든지 읽고 싶어 못 견디는 아이가 그냥 넘어갈 리가 없다. 어떤 나라를 일러 주면 끝도 없이 질문 공세가 날아든다. 할아비에게 배운 대로 야자수가 그려진 브라질은 먼 나라라는 걸 놓칠 리가 없지 않은가? 또 응용력이 남다른 아이가 태풍 피해를 걱정하며 태풍을 먼 나라로 쫓아낼 궁리를 한다는 게 참으로 기특하고 기발하다는 생각이 든다.

2014. 8. 1

나는 백설공주를 보고 싶은데…

며칠째 계속 자진해서 제 부모 집을 찾아가는 휘수를 바라보면서 은근히 걱정이 앞선다. 요즘 부쩍 신경이 날카로워진 할미는 드러내놓고 휘수에게 소리를 내지르곤 한다. 어린 것이 주눅들까 봐 너무 심하게 야단치지 말라고 할미에게 핀잔을 주다가 부부 사이에 가벼운 다툼이 벌어지기도 한다. 아이가 텔레비전에 정신이 팔려 밥을 입에 물고 잘 씹지도 않고 할미 말을 들은 체도 하지 않는 버릇 때문에 할미의 화를 돋우는 것이다. 또 멀쩡히 잘 놀다가도 한 번씩 울음이 터지면 그치지 않고 울어대서 어른들 속을 태우기도 한다.

할미는 아이가 너무 버릇이 없어질까 봐 노파심이 큰 것 같다. 할미의 걱정도 이해는 하지만 감수성이 예민한 아이가 혹시 마음의 상처라도 받게 된다면 더 큰일이다. 아이는 지금 갈피를 잘 못 잡고 있는지도 모른다. 제 동생이 하는 짓은 뭐든지 눈감아 주고 어른들은 제게만 나무라는 것이 못마땅할 것이다. 할아버지 집에 와도 제 부모 집에 가도 동생의 어리광은 다 받아 주고 단지 몇 살 더 먹은 언니라는 이유로 아이 대접을 못 받는 것이 억울하게 느껴지는지도 모른다.

작은놈이 우리 집에서 무소불위라는 건 모두가 인정하는 사실이다. 오늘 아침에도 집에 들어서자마자 배가 고프다며 우유를 빨리 대령하라고 소리를 지른다. 세 살씩이나 먹은 놈이 아직도 젖먹이 시절처럼 꼭 젖병에다 넣은 걸 빨아먹으려고 한다. 먹는 자세도 아주 거만하게 소파에 누워서만 마신다.

이번에는 그대로 누운 자세로 텔레비전을 틀어 달라고 조른다.

"하빠, 앵그리(버드)도 안 틀어 주면 어떡해?"

하고 명령조로 야단을 친다. 아이가 요새 가장 잘 찾는 애니메이션이 '앵그리 버드'이기 때문이다.

이런 동생의 태도에 배가 아픈지 부러운 건지 제 동생을 내려다보는 얼굴에 작은 그늘이 엿보인다. 아마 아이는 속으로 이렇게 말하고 싶을 것이다.

'나는 '백설공주'를 보고 싶은데……'

2014. 8. 7

도깨비 이야기

이번 여름방학에만 벌써 두 번째로 며느리는 서울로 강습을 받으러 떠났다. 당일로 돌아오는 게 아니고 1박 2일의 교육이다. 요즘 들어 아들네는 우리 집에서 자는 날이 부쩍 잦아졌다. 주말이라서 엄마가 출장이라 집에 못 들어오니까. 그러나 가장 큰 이유는 그냥 하빠 집에서 지내고 싶어서다.

물론 낮에 아이를 돌보는 것도 쉬운 건 아니지만 밤에 엄마랑 같이 자지 못하는 아이가 보채는 걸 지켜보자면 보통 힘이 드는 게 아니다. 온 집안을 쏘다니면서 온갖 장난감을 잔뜩 어질러 놓고 신나게 놀더니 저녁 무렵이 되자 어김없이 제 어미를 찾는다.

"엄마 보고 싶어…"

이 소리를 들은 할미의 낯이 금방 어두워지며 아이를 꼭 끌어안는다. 초저녁인데 일찌감치 집안의 전깃불을 다 꺼버리고 침대에 눕힌

× 2014. 8 ×

다. 아이가 딴 생각을 하지 못하도록 하려는 생각에서다.

할미는 아이가 가장 무서워하는 도깨비 이야기를 꺼낸다.

그림책에서 본 도깨비는 험상궂은 인상에 눈이 하나밖에 없거나 얼굴에 뿔이 난 것이 아이가 아주 무서워할 만하게 생겼다. 그래서 평소에도 아이가 맘을 잘 안 듣거나 말썽을 피울 때마다 도깨비에게 전화해야겠다고 하면 잔뜩 겁을 먹고 고분고분해진다.

"옛날 옛적에 어느 산골에 하빠랑 할매랑 엄마랑 아빠랑 언니랑 아가랑 살았는데, 산에서 도깨비가 내려와서 아가를 잡아가려고 했단다…."

점점 이야기에 빠져드는 아이는 더 바짝 할미 품으로 안기게 마련이다. 순전히 거짓말투성이인 도깨비 이야기가 통했는지 거짓말처럼 아이는 얌전해지더니 이내 잠에 빠져들었다. 덩달아 옆에서 같이 이야기를 듣던 언니도 슬그머니 잠이 들었다. 할미도 나도 엉터리 이야기의 신통력에 감탄하면서 식은땀을 흘리며 잠든 아이들이 애처로워 가만히 들여다본다.

평소에 잠버릇이 고약하던 큰애도 별로 뒤척이지 않았고, 작은애도 걱정했던 것보다는 조용하게 넘어갔다. 무서운 도깨비 이야기가 꿈속까지 이어졌는지 작은애가 가끔 소리를 지른 것 말고는 비교적 무사히 치른 밤이었다.

멀고 먼 어린 시절, 어른들이 우리에게 들려주었던 그 무서운 도깨비 이야기를 지금 다시 써먹게 될 줄이야! 또 그만큼 세월이 흐른 뒤

손자들이 그들의 손자들에게 이런 이야기를 더듬게 될 수 있을까?

2014. 8. 11

엄마 없는 날

며느리는 이번 여름방학에만 세 차례나 서울로 강습을 떠났다. 또 1박 2일이다. 이제는 아이들도 어미 없는 상황에 익숙해진 탓인지 무덤덤하다. 아이들이야 하빠랑 할매만 같이 있으면 그저 좋은가 보다. 낮 동안에는 유치원에서 보내는 시간이 많다 보니 그냥 넘어가지만 일단 집으로 돌아오면 아이들은 사사건건 어른들에 매달려 어리광을 피운다.

더구나 오늘은 큰애가 발레 학원에 다녀온 터라 피곤한지 평소보다 더 떼를 많이 쓴다. 저녁밥을 몇 숟갈 뜨지도 않았는데 아이가 해찰을 부린다. 이걸 지켜본 아비가 어르고 달래다 지쳐 버럭 소리를 내지른다. 서운함이 밀려오는지 아이는 밥알을 입에 문 채 그대로 벌렁 드러누워 울음을 터뜨리고 만다. 인내심 약한 아비의 야단치는 소리가 더 높아지고 화를 이기지 못한 아이는 꺼이꺼이 서럽게 울어댄다.

일이 더 커지기 전에 할아비가 개입하지 않을 수 없다. 얼른 달려가 아이를 안아 주었더니 먹은 것을 할아비 옷에다 토해내고 말았다. 아이를 다독거려 보지만 분하고 억울한지 울음이 쉬이 잦아들지 않는다. 버릇없는 딸로 키우고 싶지 않은 아들 녀석의 마음도 딱하고, 그보다 더 손녀가 입었을 아픈 마음이 더 내 가슴을 짓누른다.

이럴 때 버릇을 잡는다고 어른들이 똑같이 아이를 공박하면 아이는 정을 붙이지 못하고 절망할 것이다. 속이야 상하지만 나라도 따뜻이 아이의 편이 되어 주어야겠다. 나는 아이의 마음을 들여다본다. 지금 당장 아이에게 필요한 것은 달콤한 음식도 아니다. 허기보다는 상처 난 마음을 달래 주어야 한다. 그렇잖아도 눈치 빠른 아이는 지금 이 옹색한 지경을 벗어날 적당한 구실을 찾고 있다는 걸 나는 잘 안다.

"아가, 하빠가 동화책 읽어 줄게. 어떤 책이 좋을까?"

"'바보 이반' 읽어 주세요. 또 '북극곰 아들' 도요."

아이는 기다렸다는 듯이 얼른 책 이름을 댄다. 이내 기분이 풀린 아이는 할아비 곁에 바짝 다가와 귀를 기울인다. 신이 난 아이는 할아비를 앞질러 제가 먼저 읽어버린다. 이미 다 외워버린 이야기니까.

"그런데요 할아버지, 이 책은 누가 만들었지요?"

"음, 톨…"

"아 맞다, 톨스토이요!"

"그래, 휘수가 잘 알고 있네! 그럼 어느 나라 사람이지?"

"러시아 맞지요?"

기억력 좋은 아이가 모를 리가 없지. 아이는 동화와 세계지도를 바로 연계해서 응용해버린다.

언니가 아빠한테 야단맞는 걸 보고 잔뜩 겁에 질려 있던 작은애도 어느 틈에 할아비 곁에 바짝 붙어 동화를 듣고 있다. 두 권을 다 읽고 나자 이번에는 작은애가 책을 한 권 더 들고 와서 읽어달라고 조른다. '백설공주'다. 역시 언니가 한 것처럼 할아비 낭독을 앞질러 버리는 것이 얼마나 귀여운지 모르겠다. 왕자와 백설공주가 함께 길 떠나는 장면을 보더니 동화의 마무리까지 멋지게 마친다.

"행복하게 살았답니다. 끝-"

동화도 여러 편 읽고 나니 이제야 참았던 시장기가 밀려오는가 보다. 조심스럽게 할미의 눈치를 살피다가 작은 목소리로 어렵사리 입을 연다.

"할머니, 밥 좀 먹으면 안돼요?"

"그래, 밥에다 김치랑 계란이랑 비벼 줄까?"

아이가 배고프다는 말만 들으면 마음이 약해지는 할미는 손녀가 짠해서 거의 울상이 되고 말았다.

2014. 8. 19

담(潭)이의 비상소집

매일 아침 벌어지듯이 두 아이 유치원 보낼 준비로 씨름하는 정신 없는 시간에 전화벨이 요란하게 울린다. 이렇게 이른 시각에 걸려 오는 전화가 그리 반가울 리가 없다. 내자가 놀라며 반사적으로 집어든 수화기 속 다급한 목소리는 아랫마을 사는 딸이다. 딸의 작은아이가 무언가 목에 걸렸는지 캑캑거린다며 울상이란다. 아이는 이제 한창 기어 다니면서 뭐든지 입으로 가져가는 시기다. 말도 못하는 10개월도 안 된 아이가 얼마나 고통스러워할까 생각하니 눈앞이 깜깜하다. 아침밥도 못 먹었는데 만사 제쳐놓고 딸네 집으로 향한다.

누가 말을 안 해도 자연스럽게 업무 분담이 이루어진다. 나는 유수를 어린이집에 데려다주고 내자는 딸과 외손자를 데리고 병원으로 달려갔다.

× 2014. 8 ×

유수를 데려다준 뒤 궁금해서 단골로 다니는 어린이 병원으로 달려갔다 헛걸음만 하고 돌아섰다. 이곳에 없다면 다른 병원으로 갔나 보다. 전화를 걸었더니 지금 큰 병원으로 가고 있다고 한다. 아마 지금쯤 병원에 도착했나 싶었는데 딸의 전화 속 목소리가 왠지 차분하다.

"아빠 걱정 마세요. 병원에 도착하기 전에 아이의 입에서 테이프 조각이 나왔어요. 이젠 괜찮아요."

놀란 가슴을 쓸어내린다. 한바탕 태풍이 지나간 듯 허탈하다. 비상소집이 해제된 뒤처럼 온몸의 기운이 빠져나가고 나른함이 몰려온다. 한바탕 소동을 치르고 집으로 돌아온 내자는 정신이 나간 사람처럼 비틀거린다.

딸은 사내아이 둘을 키우느라 무척 힘겨워 한다. 손녀들 둘을 돌보느라 딸에게는 손길이 잘 미치지 못하는 게 늘 미안한데 이런 일까지 생기니 더욱 안쓰럽고 마음이 아프다. 아이들 때문에 제 꿈도 접어둔 채 사는 딸이 짠해서 마음이 무겁다.

내자는 외손자들을 볼 때마다 늘 미안해한다.

"친손녀들이 아니면 저놈들에게도 더 잘해 줄 텐데…"

그래서 내자는 딸이 찾으면 밤낮을 가리지 않고 달려간다. 안온한 노년을 누리지 못하고 손자 넷을 뒤치다꺼리하느라 너무 벅차고 힘겹지만 그럴 때마다 긴 한숨 한 번 내쉬고 마음을 가다듬는다.

부모란 무엇인가? 나로 인해 세상에 나온 혈육들을 돌보는 일은 죽는 날까지도 끝이 없는가 보다. 세상을 살면서 가져야 할 가장 큰 사

명이 바로 이것일 게다.

2014. 8. 27

9월

공주님은 꿈을 꾸었다고 말한다

언니야, 너는 왜 공주 그림만 그리냐?

절대로 안 갈 거야!

'여섯 시 내 고향' 봐야 하는데

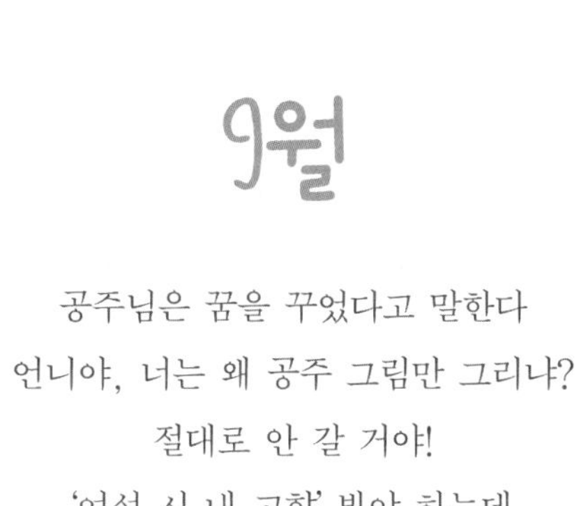

공주님은 꿈을 꾸었다고 말한다

지난밤 한참을 뒤척이다 어렵사리 막 잠이 들었는데 내자의 비명에 가까운 소리에 놀라 일어났다.

"너 이게 무슨 짓이야? 이것이 또 쌌구먼. 침대 바닥까지 다 적셔버렸잖아! 침대 매트는 빨래할 수도 없고 이걸 어째!"

잠결에 들리는 소리지만 사태는 대략 짐작이 가는 일이다. 지난 밤 11시가 넘도록 잠을 안 자던 휘수는 늦은 시각에야 한약을 한 봉지 마셨다. 소변을 뉘고 재워야 하는데 괜찮겠지 하고 그냥 재운 것이 탈이었나 보다.

할미의 야단이 들릴 리가 없는 아이는 비몽사몽간을 헤맨다. 아이의 젖은 옷을 벗겨 씻기고 옷을 갈아입혔다. 전깃불 빛에 눈이 부신지 오줌 싼 것이 부끄러워 그런 것인지 아이는 눈을 감은 채 몸을 내맡긴다. 젖은 이불과 침대보를 걷어냈지만 매트에 깊숙이 배어버린 지린내를 감출 수는 없다.

한바탕 소동 끝에 다시 잠을 청하려고 벽시계를 바라보니 새벽 3시를 가리키고 있다. 그렇잖아도 불면증 때문에 늘 피곤함을 느끼는데 이렇게 자다가 잠이라도 깨면 다음날이 훨씬 더 힘들다. 몸은 물 묻은 솜처럼 축 쳐져 있지만 쉬이 잠이 찾아오지 않는다. 온갖 생각들이 꼬리를 물고 이어진다.

아이는 어제 제 부모를 따라 대전의 외가에 다녀왔다. 오는 길에 가게에 들러 평소 아이가 갖고 싶어 하던 잠옷과 이불을 사 왔다. 물론 겨울왕국의 주인공 엘사가 그려진 것들이다. 감성이 풍부한 아이는 지금도 현실과 동화 속을 구분하지 못하고 헤맨다. 잠들기 직전 할미 할아비의 밤 인사를 받으며 행복한 꿈나라로 빠져들어 갔다.

"오늘은 엘사 잠옷을 입었으니 겨울왕국에서 잠이 들겠네! 엘사 휘수 공주님, 행복한 꿈꾸세요."

"할아버지 할머니도 좋은 꿈꾸세요."

아침이 되자 늦잠에서 깨어난 아이에게 물어보았다.

"너 지난밤에 무슨 일이 있었는지 아니?"

"저요, 겨울왕국 꿈을 꾸었어요."

아이는 태연하게 오줌 사건을 감추려고 한다.

"그러면 공주님이 오줌 쌌던 것도 생각나겠네?"

"……"

2014. 9. 1

언니야, 너는 왜 공주 그림만 그리냐?

누군가 말하기를 세상에서 변하지 않는 것은 아무 것도 없다고 했다. 보다 편리한 것을 추구하려는 인간의 욕심이 끝도 없이 진화한 덕분일까? 뭐든지 옹색하던 시절을 잊지 못하는 우리 세대는 참으로 격세지감을 금할 수 없다. 단적으로 어린아이들 용품을 보면 너무도 편리하고 풍요로워 그저 놀랄 따름이다.

되도록이면 검박하게 살고자 하는 편인 나 같은 사람에게도 손자들에게만은 고급스럽고 편리한 것을 마련해 주고 싶은 유혹을 떨쳐버릴 수가 없다. 세상의 부모 마음이야 누구나 마찬가지일 게다. 아이의 어미가 근무하는 학교에서 구했다며 어린이 그림 공부용 밑그림을 여러 장 복사해 왔다.

집안의 내림 탓인지 아이들은 마치 놀이하듯이 그림 그리기를 무척 좋아한다. 큰아이의 그림 솜씨는 일취월장이라는 말이 딱 들어맞을 정도다. 틈만 나면 그림 그리기 삼매경에 빠져들곤 한다. 덩달아 작은놈도 언니 흉내 내기에 바쁘다. 이런 아이들의 습관에 잔뜩 고무된 식구들은 모두 흐뭇한 마음으로 아이들을 바라본다.

오늘도 자매는 좁은 책상에서 머리를 맞대고 색칠 공부에 열중이다. 큰아이는 예쁜 공주가 멋진 드레스를 입은 모습을 그리고 있다. 언니는 밑그림의 본을 벗어나지 않게 알록달록 배색을 잘도 맞춰서 그린다. 그렇지만 작은아이는 아직 언니처럼 예쁘게 해내지 못한다. 걸핏하면 색칠이 그림 본 밖으로 삐져나와 보기에 민망한 꼴이다. 마치 세련되게 화장을 잘한 사람과 서툰 화장으로 얼굴을 망친 사람처럼 자매의 솜씨가 대조적이다.

제가 보기에도 언니 그림이 훨씬 더 예뻐 보이는 데에 골이 난 모양이다. 언니의 그림을 들여다본 작은아이는 저보다 잘 그리는 언니에게 샘이 나서 한마디를 툭 던진다.

"언니야, 너는 왜 예쁜 공주 그림만 그리냐? 나는 뽀로로 그림인데…"

이런 모습을 지켜본 할미가 배꼽을 쥐고 내게 달려온다.

"휘수 할아버지, 당신 작은손녀 말하는 것 좀 보세요. 도대체 저것이 무엇이 되려고 저런대요?"

작은 녀석의 말을 들으니 아득한 옛날의 추억 하나가 고개를 쑤욱 내민다. 그러니까 내가 초등학교에도 들어가기 전쯤 우리 동네에서 곧잘 회자되던 말이 있었다. 살짝 노망기가 찾아든 한 할아버지의 이야기다. 밥상머리에서 손자의 밥그릇을 보면서 잔뜩 서운한 마음을 감추지 못하고 내뱉은 말인데 소문은 꼬리를 물고 온 동네에 퍼져 나갔다.

"아무개야, 네 밥을 보고 내 밥을 봐라. 어디 먹고 살겠냐?"

어른 아이 할 것 없이 한동안 그 말을 흉내 내는 것이 대단한 유행일 정도였다. 남의 떡이 더 커 보인다더니 그 할아버지 눈에는 손자의 밥이 더 많게 보였던가 보다.

두 세대를 훌쩍 건너뛰어 오랜 추억 속의 그 할아버지를 다시 생각나게 해 준 귀여운 내 손자가 오늘따라 더욱 사랑스러워 꼭 안아 준다.

2014. 9. 12

절대로 안 갈 거야!

휘수는 별일이 없으면 보통 일요일부터 목요일까지는 하빠 집에서 잠을 자고 금요일과 토요일에만 아빠 집에서 잔다. 유치원에 가는 닷새 동안과 쉬는 이틀 동안을 구분해서 양쪽을 오가는 게 어느덧 불문율처럼 지켜지고 있다. 그런데 최근에는 아빠 집을 찾는 날이 부쩍 늘었다.

아이의 그 깊은 속을 다 들여다볼 수는 없지만 아마도 할아비의 추측은 이렇다. 아이가 부모들과 자꾸 멀어지는 것을 염려한 부모들이 전에 없이 살갑게 대하기 시작한 탓도 있을 테고, 또 무엇보다도 '제발 같이 있어 달라'고 애원하는 제 동생의 말이 언니의 마음을 움직이게 한 게 아닌가 싶다.

주말이 아닌데도 이틀씩이나 아비 집을 찾아가던 아이가 오늘은 모처럼 할아비 집으로 돌아왔다. 유치원에서 돌아온 아이가 끊임없이

× 2014. 9 ×

조잘거리는 걸로 보면 분명히 기분이 좋아 보인다.

저녁 무렵이 되자 아이의 어미가 찾아왔다. 대전에 사는 아이의 외할머니가 방문해서 큰아이가 보고 싶다니 아파트로 데려가겠다고 한다. 그러자 이제껏 밝게 잘 놀던 아이의 표정이 갑자기 어두워지더니 끝내 울음을 터뜨리고 만다.

"나 안 갈 거야!"

너무 앙칼진 목소리에 다들 놀라서 아이를 달래 본다.

"멀리서 외할머니가 오셨는데 가 봐야지?"

"싫어, 절대로 안 갈 거야!"

"외할머니가 너를 얼마나 예뻐하시는데. 외할머니가 서운해하시겠다. 아가, 그러면 못써!"

"그래도 안 가!"

아이는 할아비 품을 파고들어 떨어지지 않는다. 아이의 단호한 태도에 놀란 어미는 난감한 얼굴이 되어 도망치다시피 대문 밖으로 나선다. 아이의 어미는 돌아가서 제 친정어머니에게 뭐라고 해명을 할까? 아이 외할머니의 서운한 마음은 또 어떨까?

할미도 할아비도 착잡한 마음을 감출 수가 없다. 할미가 길게 한숨을 내쉬며 혼잣말을 흘린다.

"불쌍한 내 새끼! 저 어린 걸 어떡하면 좋아요?"

2014. 9. 21

'여섯 시 내 고향' 봐야 하는데…

요즘 며칠 동안 우리 동네는 유치원에서 들려오는 큰북 소리와 아이들의 고함 때문에 전에 없이 소란스러웠다. 가을 운동회 응원 연습을 하느라 그렇다고 한다. 우리 마을은 세 방향이 산으로 감싸고 있어 작은 소리도 울려서 훨씬 크게 들리는 산골짜기다.

조용하던 산골 마을이 들썩여도 마을 주민 누구 하나 불평하는 사람은 없다. 자연환경이 좋기로 소문나서 지금도 우리 동네에만 유치원과 어린이집이 다섯 군데나 있고, 앞으로도 어린이집을 더 짓고 싶어 우리 동네를 기웃거리는 사람들이 여럿이라고 한다. 주민들은 아이들이라면 한없이 관대하다. 아이들의 떠드는 소리를 소음쯤으로 생각하는 사람이 있을 만도 하지만 아직 이를 두고 시비를 건 사람은 아무도 없었다고 한다.

휘수가 그렇게도 기다리던 운동회가 바로 오늘 저녁이다. 아마도 젊은 부모들의 주말을 보장해 주기 위한 배려인가?

주말도 아닌 평일로 날을 잡아 저녁 6시부터 서너 시간 남짓 열린다고 한다. 낮잠도 못 자고 연습하느라 힘겨웠을 아이들이 걱정스럽다. 이른 잠을 자는 아이들이라면 잠자리에 들 시간에 운동회를 하는 것인데 아무래도 무리한 일인 것만 같다.

맞벌이하는 부모들은 직장을 조퇴하거나 그리도 못하는 사람들은 대신 조부모들이라도 참석해야 할 것 같다. 우리 집도 예외는 아니어서 오전부터 준비하느라 분주했다. 도시락이며 간식을 마련하는 것도 온전히 할미의 몫이다. 우리 여섯 식구가 총출동하려면 이것저것 준비해야 할 것도 참 많다.

세 살짜리 작은놈을 데리고 V대학 체육관으로 향했다. 시간에 맞춰서 가느라고 열심히 달려갔지만 캠퍼스는 이미 만원이라 주차할 곳도 마땅치 않아 한참을 헤매다 겨우 자리를 잡았다. 참으로 극성스러운 교육열이다. 아이 하나에 대여섯씩은 따라오니 사람들로 북적대기 마련이다.

답답한 체육관에 1000여 명도 넘어 보이는 사람들이 들어차서 장내는 시골 장터보다 더 시끌벅적하다. 확성기의 소음과 앉을 만한 자리도 마땅찮은 불편함이 기다리고 있다. 아이만 아니면 다들 빨리 이 판을 벗어나고 싶은 심정일 것이다. 어린아이들을 이렇게 소란스러운 판에 내모는 것이 과연 온당한 교육 방식인지 회의가 밀려온다.

멋모르는 작은아이는 이런 분위기에 신이 나는지 자꾸 언니가 있는 대열 속으로 뛰어들어 가려는 통에 어른들이 붙잡아 끌어내느라 애를 먹는다. 똑같은 복장에 비슷비슷한 또래 아이들이지만 이 할아비에게는 내 손자만 눈에 들어온다. 할아비의 눈은 무엇을 해도 예쁘게만 보이는 손자의 몸짓에 여지없이 꽂히고 만다.

오늘 아침 유치원 버스를 기다리면서 아이는 걱정스러운 얼굴로 할아비에게 넌지시 말을 건넸다.

"할아버지,'여섯 시 내 고향' 봐야 하는데 운동회에 오실 수 있어요?"

"우리 휘수 운동회인데 당연히 가 봐야지! 할아버지는 그런 것 안 봐도 돼."

"그래도 괜찮아요?"

"암, 그렇고말고."

할아비 말에 안도가 되는 모양이다. 다른 애들 같으면 할아비가 꼭 와야 한다며 떼라도 쓸 텐데 요 녀석은 신통하게도 이렇게 점잖게 말하고 있다. 이 어린 것이 할아비가 좋아하는 방송 프로그램을 못 볼 걸 염려하고 있다니! 지껄이는 말끝마다 할아비 마음을 온통 흔들어 놓고 마는 대견스러운 내 손자야!

보통 다섯 시쯤 유치원에서 돌아온 아이는 그때부터 텔레비전의 애니메이션에 푹 빠져서 오래도록 그것만 보려 한다. 그럴 때면 할미가 아이를 말리며 하는 말이 있다.

"여섯 시니까 이제는 그만 보아라. 할아버지가 '여섯 시 내 고향' 보실 시간이잖아?"

이제 휘수는 할아버지를 위해 제가 더 보고 싶은 것을 양보할 줄도 아는 속이 꽉 찬 아이로 자라고 있다.

2014. 9. 26

2014년

10월

고모네는 왜 이사 갔어요?
아이의 손톱을 깎아 주며
이 날을 어찌 잊을 수 있으랴!
도토리가 떨어질 무렵
할매 손은 약손, 유수 배는 똥배
아파트는 숨 쉬기가 힘들어요
유수가 울면 하빠가 슬프지요?

고모네는 왜 이사 갔어요?

5년 넘게 한 동네에서 같이 살던 딸이 세종시(世宗市)로 이사를 했다. 교수인 사위가 다른 대학으로 자리를 옮긴 것이다. 딸이 공부하느라 서울이나 미국에서 살던 때는 곧 돌아오리라 생각해서인지 그리 멀게 느껴지지 않았는데 드디어 딸이 시집간 걸 실감하게 된다.

여성들에게 노년의 필수 요건 중 하나가 말벗인 딸이라는데, 그런 딸과 떨어지는 게 못내 아쉬운 내자는 여러 날 전부터 이삿짐 싸는 걸 거들어 준다는 핑계로 아침마다 딸네 집으로 달려가곤 했다. 이사하는 날도 마침 사위가 외국에 가 있어 우리 내외가 거들어 주어야만 했다. 이삿짐을 옮기는 일이야 이삿짐센터에서 해 주지만 무엇보다도 어린아이 둘을 돌보는 일 때문에 우리가 나서지 않을 수 없다. 일 중에서도 가장 힘든 일은 말할 것도 없이 '애기 담살이'라는 게 고금을 막론한 진리임을 다시 확인했다.

젊은이들도 이사하고 나면 몸살이 들게 마련인데 역시 이 나이에 몸이 온전할 리가 없다. 육신의 탈 못지않게 정신적인 허전함을 달래기가 더 힘겨운 일이다. 가까이 살다 보니 딸은 걸핏하면 제 어미를 불러댔다.

딸의 호출을 받은 내자는 밤낮을 가리지 않고 곧장 달려갔다. 그런 딸이 귀찮기도 했으련만 막상 이렇게 떠나고 나니 더 보고 싶은 모양이다. 부잡스러운 사내아이 둘을 데리고 혼자 힘겨워할 딸이 안쓰러워 마음이 무겁다. 또 눈에 삼삼한 외손자 녀석들을 자주 못 볼 걸 생각하니 아쉬움이 크다.

휘수가 걱정스러운 얼굴로 할아비에게 묻는다.

"고모네는 왜 이사 갔어요? 제가 겸이 오빠랑 싸워서 이사 가버렸어요?"

"아니야, 고모부가 다른 학교로 옮겨서 그런 거야."

"겸이랑 담이랑 보고 싶어요."

"그래, 우리 다음에 고모네 집에 같이 가 보자. 그리고 겸이도 우리 집에 자주 놀러올 거야."

아이들이란 잘 놀다가도 사소한 일로 늘 다투고 또 헤어지면 바로 찾게 마련이다. 세상에 휘수의 고종사촌은 겸이와 담이 둘 뿐이다.

2014. 10. 2

아이 손톱을 깎아 주며

아이들 돌보는 일 중에서 다른 식구들 말고 유독 나만 잘하는 일이 몇 가지 있지만 그중에서도 손녀들의 손톱 발톱을 손질하는 건 할아비가 도맡아 한다. 아이의 부모들이 해 주면 좋겠는데 애초부터 그들이 그런 걸 차분하게 챙겨 주는 성격이 못 되다 보니 자연스럽게 이렇게 된 것이다. 또 할미 역시 나보다 더 심한 노안이라서 돋보기가 없으면 아무 것도 할 수가 없다.

대개 우리 또래가 되면 노안이 찾아들어 자신의 손톱 발톱 깎기도 쉽지 않다고 한다. 그런데 나는 어려서부터 안경을 낀 근시여서 그런지 나이 들어서는 오히려 다른 사람보다 노안도 늦게 찾아오고 별로 불편을 못 느끼고 산다. 책이나 신문을 보는 데도 안경만 벗어버리면 크게 달라진 것을 모른다.

휘수네 유치원에서는 매주 월요일이면 손톱 검사를 한다고 한다. 내 손자가 손톱을 손질하지 않아서 지적을 받게 된다면 그건 참 자존심이 상하는 일일 게다. 그런 소리를 듣기 싫어서 내가 나설 수밖에 없었다. 사실 처음에는 아이의 부모들에게 몇 차례 시켜 보기도 했지만 별로 주의를 기울이지도 않고 솜씨도 마음에 들지 않아서 내가 직접 해 주는 게 속이 편하겠다 싶었다. 이게 습관이 되다 보니 아이들은 안심하고 할아비에게 손을 맡기게 되었다.

유심히 지켜보니 세상에서 아이들 손톱을 깎아 줄 수 있는 사람은 그리 흔치 않다는 결론을 얻었다. 특히 아이들이 불편함을 갖지 않고 편안하게 손발을 맡길 수 있을 만한 분위기가 조성되어야 한다. 사람 사이에도 서로 손을 맞잡았을 때 편안함을 느끼게 하는 사람이 있는가 하면 왠지 만지기가 꺼려지는 사람도 있게 마련이다. 더구나 여린 어린아이의 손을 손질하는 데는 더욱 조심성 있게 접근해야 할 것이다. 아이들이란 대체로 손톱 깎는 걸 그리 달가워하지 않는 경향이 있다.

오래 하다 보니 이제는 나름대로 노하우가 생기지 않았나 싶을 때도 있다. 우선 손톱을 깎는 시간이 중요하다. 되도록 아이들이 텔레비전을 본다든지 무엇에 집중해서 손톱에만 신경을 쓰지 않는 시간이 좋다. 또 손톱을 손질하는 데는 깎아 주는 사람이 주의력과 집중력을 가지지 않으면 자칫 상처를 입힐 수도 있으니까 여간 신경을 쓰지 않을 수 없다. 더구나 어른도 아닌 어린아이들이란 상처에 더 민감하고 그 후유증이 오래갈 수도 있을 테니까.

요즘은 직업적으로 손톱 손질을 하는 사람도 생겨났지만 손톱을 다듬어 주는 건 지극히 사랑하고 아끼는 사이가 아니고서는 마음 놓고 맡기거나 해 줄 수 있는 일도 아니다. 그저 마지못해 하는 일이 아니라 진정으로 우러나는 마음이 없이는 할 수 없는 일이기 때문이다.

2014. 10. 5

이날을 어찌 잊을 수 있으랴!

오늘은 오백예순여덟 번째 한글날이다. 굳이 이날이 아니라도 한글을 모국어로 사용하는 걸 늘 가슴 뿌듯하게 느끼며 살아간다. 세상의 수많은 글 중에서도 만든 사람이 누구이며 만든 목적이 무엇인지 뚜렷하게 밝혀진 글은 한글 말고는 하나도 없다고 한다. 또 글을 만든 날을 기념하는 나라도 우리 말고는 없다고 하니 가슴을 쭉 펴고 실컷 자랑을 할 만하지 않은가? 한때 지각없는 위정자들의 무관심으로 국경일에서 밀려났다가 되살아났으니 참으로 다행스러운 일이다.

아침 일찍 대문에 정성스럽게 태극기를 달았다. 눈을 씻고 동네를 둘러보아도 우리 집 말고는 태극기를 찾아볼 수가 없어 아쉬움을 금할 길이 없다. 명색이 글과 가까이 지내는 사람으로서 동네가 이 지경이 되도록 방치한 것에 대해 일말의 자책을 느껴 본다. 다른 사람은 몰라

× 2014. 10 ×

도 적어도 내 손자들에게만큼은 이 날의 소중함을 꼭 알려 주고 싶다.

이날은 또 휘수의 다섯 번째 생일이다. 말 잘하고 감수성이 뛰어난 우리 휘수가 이날 태어난 것이 우연만은 아니리라 생각해 본다. 잠에서 깬 아이가 태극기 달았느냐고 확인한다. 아이는 지난달 제 사촌오빠의 생일 무렵부터 제 생일이 몇 밤 남았는지 손꼽아 기다려 왔다.

며칠 전 할미는 자못 진지한 얼굴로 가만히 말을 걸어왔다.

"이번 휘수 생일에는 유치원 친구들에게 작은 선물이라도 해야겠어요. 떡이랑 음료수를 보내면 어떨까요?"

할미의 애틋한 마음에 나도 적극 동감이다. 손녀의 사기를 북돋을 수 있는 일이라면 무엇인들 아끼랴. 서둘러 떡도 맞추고 요구르트 파는 단골 아줌마도 찾아갔다.

먹을 것을 들고 유치원을 찾았을 때 우리 부부는 손녀의 얼굴을 유심히 살펴보았다. 친구들에게 체면이 서서 흐뭇해하는 그 표정을 놓치지 않았음은 물론이다.

실은 이 할아비도 아이의 생일이 다가오면 가슴이 뭉클해지는 감격이 되살아나곤 한다. 우리 집안의 분위기를 확 바꿔버린 아이의 탄생은 내 생애에서 가장 큰 사건이 아닐 수 없다. 그날 이후 내 삶의 방식은 온통 달라져버렸다. 이 할아비에게 여생의 소명을 깨우쳐 준 뜻깊은 이날을 어찌 잊을 수 있으랴?

2014. 10. 9

도토리가 떨어질 무렵

우리 동네 뒷산은 이삼십 년 전까지만 해도 소나무가 울창했다는 게 동네 사람들의 한결같은 증언이다. 그러나 기후변화에 민감하고 생장 조건이 까다로운 편인 소나무는 달라진 환경을 끝내 버티지 못하고 밀려나고 말았다. 이제 소나무는 거의 구경조차 할 수 없고 그 자리를 생존 본능이 뛰어난 참나무들이 대신 차지하고 있다.

그런 탓에 요즘처럼 도토리가 떨어질 무렵이면 산을 찾는 사람들의 발길이 부쩍 바빠진다. 다들 배낭 하나씩을 메고 오르는 게 마치 도시락을 싸서 소풍이라도 가는 것 같은 차림새다. 물론 등산보다는 작정하고 도토리를 주우려는 것임을 금방 알 수 있겠다. 요즘 같은 불황에 큰 밑천도 기술도 필요 없이 누구나 덤벼들만한 일이 아닌가 싶다. 그저 부지런하기만 하면 소일거리는 물론 작은 벌이도 되니 소문 듣고 달려드는 사람들이 갈수록 더 늘어난다.

× 2014. 10 ×

매일 아이를 맡기기도 미안한지 아들네가 집을 찾아오지 않는다. 손자들을 바라보면 마음은 그지없이 흐뭇하지만 곳곳에 고장 난 몸이 좀 쉬자고 소리 없이 아우성을 친다. 오늘은 주말인데다 모처럼 가져 보는 휴식이지만 넓은 집에 덩그러니 늙은 부부만 남겨지니 마주 보며 할 말도 없고 무료했다.

뒷산에 지천으로 널린 게 참나무들이고 하산하는 사람들의 묵직한 배낭을 바라볼 때마다 왠지 모르게 배가 좀 아프기도 했다. 산을 지척에 두고도 별로 찾지 않았지만 이런 가을이 되면 통통하게 살 오른 도토리의 유혹을 그냥 지나치기가 아까웠다. 은근슬쩍 도토리를 줍자고 말을 꺼냈더니 내자가 기다렸다는 듯이 반색을 한다. 이 사람도 진즉부터 가고 싶었지만 가끔씩 들리는 멧돼지 출몰 소문에 여인네 혼자서는 산에 오르기가 꺼려졌던 모양이다.

챙 넓은 모자를 눌러쓰고 장화를 신고 막대기와 비닐봉지 하나씩이면 준비는 끝이다. 몇 년 전에 한 번 와 본 기억을 더듬어 도토리가 있을 만한 곳을 찾아갔다. 그 사이에 산은 더 짙어지고 참나무들도 훌쩍 자랐다. 처음에는 그저 운동 삼아 가벼운 마음으로 시작했는데 시간이 흐를수록 도토리 줍는 재미에 흠뻑 빠져들고 말았다. 낮은 자세로 숙여야 하니 허리도 아프고 땀도 흐르고 웬 모기는 그렇게 극성인지 그리 만만한 일은 아니지만, 오동통한 도토리가 눈앞에 어른거려 좀체 멈출 수가 없게 만든다.

어쩌다 도토리가 무더기로 떨어져 있는 곳이라도 발견하면 큰 횡재를 한 것처럼 흡족한 기분이었다. 부부는 마주 보며 흐뭇한 얼굴로 농담까지 주고받는 여유도 부려 본다.

"사람들이 다 주워 가면 다람쥐들은 무얼 먹고 사나? 혹시 벌 받을 짓은 아닐까? 아니야, 도토리나무가 지천인데 그런 걱정이야 안 해도 되겠지? 도토리 채취에 관한 한 사람이 다람쥐의 능력을 따라갈 수는 없을 테니까…"

돈으로 따져야 몇 푼이나 될까마는 도토리 줍기가 세상 시름을 떨쳐버리기에는 참으로 안성맞춤이 아닌가 싶다. 오늘 둘이 주운 걸 합치니 큰 고무 통 함지박이 가득하다. 이제 이걸 잘 말린 뒤 껍질을 까고 갈아서 도토리묵을 만들어 먹을 것이다. 일손이 제법 많이 가는 작업이긴 하지만 가을 한철의 별미인데다 건강에도 좋다고 하지 않은가? 이게 바로 산골에 사는 덕에 느끼는 쏠쏠한 재미가 아닐까? 더구나 요즘처럼 알게 모르게 공해 물질을 많이 섭취하게 되는데 도토리묵은 그걸 배출시키는 효과가 탁월하다고 하니 얼마나 고마운 음식인가?

잠자리에 누워 눈을 감아도 도토리들이 눈앞에서 어른거린다. 바둑을 처음 배울 때 누우면 천정에 바둑판이 그려지던 것처럼 도토리 줍기도 그런 중독성이 강한 습관인가 보다. 산에 다녀온 뒤로는 내자의 입에서 도토리 이야기가 자주 등장한다. 도토리 덕분에 부부 사이의 공통 관심사가 하나 자리를 틀었다.

도토리를 보면 그 동그랗고 통통한 모습이 우리 둘째 손녀 유수를 닮았다는 생각을 지울 수가 없다. 무슨 말을 해도 무슨 짓을 해도 귀엽고 사랑스럽기만 한 이 아이처럼 도토리에 잔뜩 정이 붙어버렸다. 얇은 껍질을 벗기면 속이 꽉 찬 것이 나이에 비해 속이 꽉 여문 우리 유수와 어쩌면 그리도 닮았을까?

며칠 전에 어린이집 교사가 보낸 일기장에는 이렇게 씌어 있었다. 할아비는 이걸 열 번도 넘게 다시 읽어 보며 웃음 지었다.

"말 잘하는 우리 유수 귀여워 죽겠어요. 식사 시간에 유수가 한 말이에요. '밥에다 물 말아 먹으면 키가 안 크지요?' 하기에 제가, '그러면 어떻게 해야 하지요?' 하고 물었더니, '꼭꼭 씹어 먹어야지요.' 하고 대답했답니다. 똑똑한 우리 유수!"

이참에 참나무에 대해 공부를 더 해 보기로 했다. 참나무의 열매는 모두 도토리라고 하며 통칭해서 도토리나무라고 한단다. 또 참나무는 신갈, 떡갈, 상수리, 굴참, 갈참, 졸참 등 여섯 가지 종류가 있다. 이들은 잎이나 열매 모양으로 구분하는데 얼른 봐서는 그게 그것으로 보인다.

이 동네에 오래 살았던 사람들이 이구동성으로 하는 말이다. 올해는 유독 참나무 열매가 많다고 하는데 그 이유는, 유난히 가물어서 생존의 위협을 느낀 나무들이 종족 보존을 위해 더 많은 열매를 맺었다는 것이다.

떡갈나무는 옛적에 새로 난 떡갈나무 잎에 떡을 싸서 쪄 먹었다고 해서 붙은 이름이고, 갈참나무는 늦게까지 낙엽이 남아 있어 가을참나무라고 불렀으며, 신갈나무는 옛날 짚신 안에 이 잎을 깔아서 신었다는 데에서 유래했다.

또 상수리는 임진왜란 때 임금 수라상에 오른 도토리라 해서 생겼다고 하고, 졸참나무는 다른 참나무에 비해 열매나 나뭇잎이 크기가 작아 졸(卒)참나무라고 불렀으며, 굴참나무는 두꺼운 수피(樹皮) 때문에 세로로 깊은 골이 파진다 하여 골참나무라 부르다 굴참나무로 변했다고 한다.

이렇게 나무 이름 하나에도 수많은 사연이 숨어 있다니 참 세상 만물에는 어느 것 하나라도 그저 허투루 생긴 건 하나도 없다는 생각이 든다. 이게 다 사람이 만들어낸 말이기는 하지만 그만큼 도토리는 오래전부터 사람들의 삶과 밀접한 인연이 얽힌 존재인가 보다.

사람에게 아낌없이 다 내주는 도토리나무처럼, 그렇게 겸손하게 살라는 자연의 가르침인지도 모른다. 아마도 우리들의 도토리 줍기는 올 가을이 끝날 때까지 계속해야 할 일과가 될 것만 같다. 이 산골에 사는 동안 해마다 겪어야 할 가을살이의 중요한 행사가 될지도 모르겠다. 귀여운 내 손자들과 함께 도토리 줍기를 할 날도 기다려 본다.

2014. 10. 12

할매 손은 약손, 유수 배는 똥배

아이들은 며칠 전에 이사한 외가에 다녀오겠다며 길을 나서더니 저녁 무렵이 되자 다시 우리 집을 찾아왔다. 오늘도 역시 외가에서 자지 않고 당일로 되돌아왔다. 대전까지 왕복 서너 시간의 여행에 피곤할 만도 한데 아이들은 아파트로 가지 않고 기어이 할아비 집으로 들어온다.

작은놈이, '오늘은 꼭 할아버지와 같이 자야 한다'고 고집을 피우는 바람에 우리 집에서 재우기로 했다. 아이는 할아비와 같이 있는 게 신나는지 밤 11시가 넘도록 잠을 청하지 않는다.

아이의 하는 짓이 하도 귀여워서 어른들이 장난을 걸어 본다.

"유수야, 이제 집에 가야지?"

"안 갈 거야!"

"그럼 어디에서 잘 거야?"

"하빠 집에서 잘 거야. 아니 여기에서 살 거야!"

아이는 무슨 소리냐는 듯이 단호하게 쐐기를 박아버린다. 두 녀석 다 제 부모 쪽에는 눈길도 주지 않고 안방의 할미 할아비 사이로 파고든다. 품에 안기며 옛날이야기를 해 달라고 조르기도 하고 동요에 맞춰 춤을 추기도 한다. 알아들을 수 없는 유치원 친구들 이야기도 신나게 떠벌였다. 내일 유치원에도 가야 하는데 이렇게 늦게까지 잠을 안 자면 곤란하다. 전등불을 꺼버리고 아이들의 잠을 재촉해 본다.

늦게까지 잠을 안 자는 게 미안한지 세 살짜리가 할미에게 노래를 주문한다.

"할머니, 자장자장 노래해 주세요."

"잘 자라 우리 아가…"

"엄마가 섬 그늘에… 굴 따러 가면…"

연달아 몇 곡을 불러 줘도 아이들의 눈은 말똥말똥하다. 그러자 할미는 또 다른 노래를 부른다.

"자장자장 우리 공주님들… 멍멍 개야 짖지 마라, 꼬꼬 닭아 울지 마라…"

"할머니 나 공주 아닌데요. 나 아가잖아요?"

할미는 아이와의 말씨름을 당해내지 못한다. 쉬이 잠들지 않는 작은아이를 달래느라 할미가 이번에는 아이의 등과 배를 쓸어 준다. 어린 시절 우리의 할머니들이 손자들을 재울 때 자주 써먹던 그 정겨운 육아 방식이 되살아난다. 손녀들을 애틋하게 바라보는 할매의 눈은 어느새 촉촉이 젖고 목소리는 가느다랗게 떨리고 있다.

"할매 손은 약손, 할매 손은 약손."

하자 아이의 입에서 거침없는 대구(對句)가 흘러나왔다.

"유수 배는 똥배."

한밤중의 폭소에 집안이 들썩거렸다. 아마도 누군가가 했던 말을 기억해 두었다가 이런 상황에서 이렇게 요긴하게 써먹을 궁리를 했었나 보다. 아무리 그래도 그렇지 세 살 아이의 순발력이라고는 도무지 믿기지 않는다.

손녀바보 할아비가 너무 앞서가고 있는 것일까? 도대체 요놈이 무엇이 되려고 이러는지 모르겠네!

2014. 10. 19

아파트는 숨쉬기가 힘들어요

휘수는 이틀 전 새벽, 자다가 이불에 오줌을 쌌다. 밤 아홉 시쯤 쉬도 하고 양치질까지 잘 마치고 잠자리에 들더니 도저히 잠이 안 온다며 다시 일어나 할미 곁에서 한 시간도 넘게 노닥거렸다. 떠들다 지쳐 목이 마른지 물을 한 컵 들이켠 게 탈이었나 보다.

제 침대는 춥다며 할아비 품을 파고들더니 기어이 일을 저지른 것이다. 자다 보니 옆구리가 뜨뜻한 게 이상해서 잠을 깼는데 그 지경이었다. 세탁도 할 수 없는 침대라서 고스란히 지린내를 맡고 지낼 수밖에 없게 생겼다.

이불에 오줌 싼 날이면 어김없이 아이는 평소와 달리 의기소침해진다. 할미 할아비에게 걱정을 끼친 게 미안하고 무안해서 자리를 피하고 싶은가 보다. 그러더니 급기야 별로 가고 싶어 하지 않던 아빠 집에서 자겠다고 했다. 그것도 이틀씩이나 아파트에서 지냈다.

× 2014. 10 ×

아파트에서 자더라도 어차피 아침 일찍 일어나 할아비 집으로 다시 왔다가 유치원으로 가야 한다. 이러면 아이의 잠도 모자라고 제 어미가 아이 둘을 차에 태워 데려오려면 힘이 들게 마련이다. 어쩔 수 없는 형편이기는 하지만 아들이나 며느리는 늙은 부모에게 아이 맡기는 것이 미안해서 되도록 큰딸을 아파트로 데려가고 싶어 한다.

아이들도 없고 모처럼 부부기 느긋한 저녁 한때를 보내고 있는 밤 아홉 시 반쯤 전화벨이 울린다. 누구인지 대략 짐작은 했지만 역시 휘수의 전화다. 할아비와 할미가 보고 싶어 도저히 참을 수 없었던 모양이다.

얼마 뒤 어미가 아이를 데리고 찾아왔다. 어미는 작은아이 몰래 오느라 급히 왔다며 얼른 되돌아갔다.

빤히 알면서도 아이에게 물어보았다.

"너 할머니 할아버지가 보고 싶어서 왔구나?"

"…… 아파트는 공기가 안 좋아서 숨쉬기가 힘들어요."

아마 아파트가 건조해서 코가 막혔던 모양이다. 아이는 보통 아이들이 사용하는 것처럼 직설적인 표현은 시시하다고 생각하는지 늘 이렇게 고차원적인 말만 한다. 그래서 더 귀엽고 신통하다.

2014. 10. 28

유수가 울면 하빠가 슬프지요?

아이는 며칠 째 아침마다 울면서 어린이집 등원을 거부한다. 잘 다니다가도 이렇게 한 번씩 속을 태울 때면 온 식구들의 얼굴에 어두운 그림자가 드리워지곤 한다.

도대체 원인이 무엇일까? 얼마 전에 세종시(世宗市)로 이사 간 고모 때문일까? 아침마다 어린이집 앞에서 기다리던 고모가 보고 싶어서 이럴까? 혹시 속이 빤한 놈이라서 일부러 어리광을 피우는 것은 아닐까?

전에도 더러 이런 적이 있었지만 얼마 지나지 않아 정상으로 되돌아오곤 했었는데 이번에는 좀 오래가는 것 같다. 또 떼를 쓰다가도 막상 어린이집에 도착해서 선생님을 만나면 언제 그랬었냐는 듯이 금방 누그러지곤 했었는데 이제는 선생님도 안 통하니 걱정이 이만저만이 아니다.

어린이집에 보내 놓고도 아이가 잘 지내는지 울지는 않는지 말썽을 피워 눈치를 먹지는 않는지 하루 종일 안절부절못했다. 아이가 귀가하자 궁금해서 얼른 아이의 일기장을 펼쳐 본다.

"유수가 여러 차례나 '하빠가 보고 싶다' 고 하는군요.

하루 종일 시무룩한 얼굴로 지냈답니다.

그러더니 '저 안 울 거예요." 했어요.

그래서 제가 '유수가 울면 어떻게 되지요?' 하고 물었더니,

'하빠가 슬프지요?' 하고 대답했답니다.

귀여운 우리 유수!"

사랑스럽고도 불쌍한 녀석이 또 할아비의 가슴을 먹먹하게 만들고 마는 구나!

2014. 10. 30

2014년

11월

남의 떡이 더 커 보인다더니
살아 있는 하회탈
살이 빠지니까 더 예쁘기만 하구먼!
아가들은 그런 소리 하는 거 아니에요!
이런 손녀를 왜 키워 주세요?
이렇게 심으면 커다란 돌이 돼요
큰놈이 더 짠해

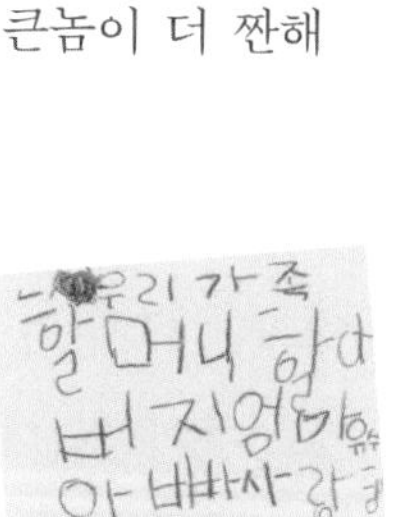

남의 떡이 더 커 보인다더니

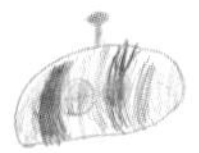

원래 남의 떡이 더 커 보이게 마련이다. 두 녀석들의 생각이 완전히 상반되고 있다. 언니는 동생이, 동생은 언니가 더 부럽다고 불평이다.

언니는 어른들에게 실컷 어리광을 피우는 동생이 부럽다고 생각한다. 동생이 언니 물건을 빼앗아 가도 어른들은 무조건 언니에게만 양보하라고 강요한다. 또 어른들은 밥을 빨리 못 먹는다고 언니만 나무라고, 동생은 해찰을 부려도 관대하게 대하는 것에도 불만이다. 똑같이 말썽을 피워도 언니에게만 크게 야단을 치고 동생에게는 가볍게 달래는 정도에 그치는 것도 못마땅하다.

자신도 아직은 여섯 살 어린아이라서 애기 대접을 받고 싶은데 단지 언니라는 이유만으로 동생에게 관심과 사랑을 빼앗기는 건 너무 억울하다고 생각한다.

작은 녀석은 하빠 집에서 하빠랑 할머니와 같이 지내는 언니가 부러워 못 견딜 지경이다. 저는 밤에 아파트로 돌아가야 하고 언니는 하빠 집에 남아서 자기 때문이다. 그래서 때로는 물귀신 작전을 쓰기도 한다.

"언니야, 같이 가자!"

아파트에 가기 싫으니까 언니더러 같이 가 달라고 읍소 작전을 펴는 것이다. 이럴 때면 마음 약한 언니는 대개 동생의 작전에 넘어가고 만다. 한 걸음 더 나아가 이제는 아예 언니가 아파트로 가고, 대신 제가 하빠 집에서 살아야겠다고 억지를 부린다.

얼마 전만 해도 언니는 하빠 집에서 살고 자신은 엄마 집에서 산다고 생각하더니, 이제는 하빠 집도 제 집이고 엄마 집도 제 집이라고 생각을 고쳐먹게 되었다. 그러니 이제부터는 본격적으로 제 권한 행사를 해야겠다고 고집을 피운다.

둘째 아이들이란 첫째에 비해 어른들의 관심과 사랑이 부족하다는 상대적 피해 의식이 많다고 하며 자연스레 자신의 존재 가치를 표현하는 데에 훨씬 더 적극적이라고 한다. 그래서 그런 생존 본능이 발동한다는 재미있는 심리 분석을 보았는데 일리가 있는 말인 것 같다.

이제 우리 집에도 새로운 걱정거리가 생겼다. 주말에는 하빠 집에서 같이 자는 게 일상사가 되었고 평일이라도 날씨가 궂은 날이면 아파트로 돌아갈 생각을 하지 않는다. 그러니 떼쓰는 작은 녀석 달래기에 지친 아이의 부모들도 덩달아 아이를 핑계로 우리 집에서 숙식을 해결하는 날이 늘어간다. 작은 녀석의 막무가내에 사실상 분가의 의미도 퇴색한 지 오래되고 말았다.

2014. 11. 2

살아 있는 하회탈

11월 13일이면 외손자 '담'이의 첫 돌이다. 딸네가 세종으로 이사한 터라 친척들이 모이기 좋은 주말로 앞당겨 조촐한 돌잔치를 열기로 했다. 나로서는 네 번째 손자지만 돌맞이를 치를 때마다 늘 새로운 기분이다. 아이들이란 어미 뱃속에서부터 사람의 가슴을 떨리게 하고 태어나서 자랄 때도 늘 가슴을 졸이게 만든다. 아이 인생의 한 매듭인 첫돌을 맞으면 그마저도 얼마나 대견하고 신비로운지 모른다.

사내아이들은 좀 늦는다지만 녀석은 아직 걷지도 못한다. 그래도 나름대로 눈치는 빤해서 어른들이 주문하는 말에 따라 그에 맞는 몸짓을 할 줄도 안다. 딸네 집을 찾은 지 꽤 시일이 흘렀는데도 멀리서 외할아비를 알아보고 활짝 웃으며 안기는 게 참 귀엽고 신통하다.

이 아이를 보면 예전에 사람 좋기로 소문난 친척 한 분의 에피소드

가 떠오른다. 늘 허허 웃고 다니는 통에 오히려 사람들이 얕잡아 볼까 봐 걱정이 된 그분의 부친이 아들에게 너무 웃지 말라고 주의를 주었다는 일화다. 아직은 철부지지만 요 녀석이 하도 잘 웃어서 그 말을 생각하며 혼자 웃음을 머금어 본다.

웃으면 거의 눈이 단춧구멍처럼 감기는 모습이 얼마나 귀여운지 모른다. 소위 '살인미소'라는 게 바로 이런 걸 두고 하는 말일까 싶다. 잠자는 시간 말고는 거의 이런 얼굴이니 누구라도 보면 반하지 않을 수 없을 것 같다. 내 눈에는 익살스러운 하회탈과도 흡사하게 비친다.

딸은 아이를 핑계 삼아 3일간이나 친정에서 지내다 떠났다. 첫 돌맞이 외손자의 재롱 속에 사흘이 훌쩍 지나갔다. 자주 볼 수 없는 아이의 귀여운 모습이 오래도록 잔상으로 남아 지워지지 않을 것 같다. 아이가 외가에서 받은 사랑은 아이의 가슴에, 온몸에 오래도록 새겨질 것이다.

언제 다시 만날 수 있을지 모르지만 다음에 만날 때는 이 할아비를 보고 아장아장 걸어와서 안기게 되지 않을까? 즐거운 상상이 실현될 날을 기다려 본다.

2014. 11. 10

살이 빠지니까 더 예쁘기만 하구먼!

유수는 꼬박 1주일 동안 장염으로 시달렸다. 어린이집에 장염을 앓는 아이가 하나 있었다는데 면역력이 약한 아이들에게 쉽게 전염이 되었던 모양이다. 별로 먹는 것도 없는데다 물만 먹어도 자꾸 토해내고 설사를 하는 통에 어린 것이 하루에도 수십 차례나 고통스럽게 화장실을 들락거린다. 그때마다 아이 거들기도 만만치 않은 일이지만 탈진한 아이가 시달리는 걸 지켜보자니 식구들의 마음이 타들어 간다.

변기에 앉은 아이를 걱정스럽게 바라보며 아이의 손을 꼭 잡아 준다. 아이의 고통을 대신할 수만 있다면 좋겠다는 마음뿐이다. 엉덩이를 씻겨 주자 변기를 내려다보는 아이의 입에서 흘러나온 말이다.

"또 쉬똥을 쌌네!"

오줌처럼 묽은 설사를 했다는 말이다. 귀찮고 고통스러운 와중에도 아이의 조어(造語) 감각은 여전히 번뜩이고 있다.

하필 아이가 앓은 지 나흘 째 되는 날부터 딸네가 우리 집에서 며칠 동안 지내는 바람에 유수가 하빠 집을 찾아올 수도 없었다. 첫 돌맞이 아이에게 감염될까 봐 어쩔 수 없는 조처였다. 할아비를 잠시만 못 봐도 생병이 나고 마는 녀석인데 이러다 아이가 마음의 병이라도 깊어질까 봐 그게 더 걱정이다.

외손자가 우리 집에 머무는 사흘 동안 아픈 아이가 보고 싶어 실은 내가 병이 날 지경이었다. 모처럼 친정에서 지내고 싶어 하는 딸의 마음도 헤아려야 하고 할아비를 그리워하는 손녀도 걱정돼서 괴로운 시간을 보냈다. 이럴 때 보고 싶다고 덜컥 아이를 만나러 찾아가기라도 하면 나중에 떨어지지 않으려는 아이 때문에 뒷감당을 할 수 없으니 그럴 수도 없는 일이다. 고민을 거듭하다 가만히 어린이집으로 전화를 걸었다. 아이들과 어울려 놀기는 하지만 아직도 약을 먹어야 한다는 대답이다.

저녁 무렵이 되자 내자가 아이를 데려왔다. 내자도 손녀가 보고 싶어 어린이집을 찾아갔던가 보다. 아이의 병이 조금 우선해졌으니 집으로 데려오고 싶었던 모양이다. 외손자 때문에 딸의 눈치를 살피다 기어이 내자의 배짱으로 아이를 데려온 것이다. 나흘 만에 만난 아이는 그 통통하던 낯이 핼쑥하게 변해버리고 말았다. 속이 상한 내자는 말을 돌려서 하는 것으로 그 마음을 대신했다.

"살이 빠지니까 더 예쁘기만 하구먼!"

모처럼 사촌들과 잘 어울려 놀다 보니 그동안의 시름이 다 사라져버렸나 보다. 아이의 표정이 환하게 피었다. 나을 때가 되기도 했지만 그보다는 그토록 보고 싶던 사람들을 한꺼번에 만나니 병이 훨씬 더 빨리 달아나버린 모양이다.

아이는 한사코 제 집으로 돌아가기를 거부했다.

"나는 엄마 아빠가 안 좋아. 하빠랑 할머니가 더 좋아. 언니랑 여기에서 살 거야!"

아이는 연거푸 이틀 동안 하빠랑 할머니 사이에서 잠을 잤다. 잠결에도 "안 가, 안 가." 소리가 입에 붙은 녀석이 짠해서 아이의 작은 손을 꼭 쥐어 주었다.

2014. 11. 11

아가들은 그런 소리 하는 거 아니에요!

집에 있는 동안 자매는 늘 붙어 지낸다. 특히 작은 녀석이 언니를 얼마나 잘 따르는지 모른다. 밖에 나갔다 들어올 때는 어김없이 언니부터 찾는 게 버릇이다. 두 녀석들이 같이 노는 걸 들여다보면 나도 모르게 피식 웃음이 터져 나와 참을 수가 없다. 아이들은 곧잘 역할놀이를 즐긴다. 그럴 때는 누가 먼저랄 것도 없이 역할 분담이 자연스럽게 이루어진다.

엄마 놀이를 할 때는 언니가 엄마가 되고 동생은 아가가 된다. 엄마는 한껏 다정한 목소리로 아가를 어르고 아가는 혀 짧은 소리를 내며 온갖 어리광을 피운다. 또 선생님 놀이를 할 때는 동생이 선생님이 되고 언니는 유치원생으로 바뀐다.

오늘은 선생님 놀이를 하는데 요놈들 노는 걸 지켜보자니 터져 나오는 웃음을 멈출 수가 없다. 선생님(동생)이 유치원생(언니)에게 뭘 가져오라고 시키자 언니가 볼멘소리를 늘어놓는다.

"선생님은 왜 저한테 이런 걸 시키세요?"

그러자 선생님이 부드러우면서도 위엄 있는 말투로 유치원생을 나무란다.

"아가들은 그런 소리 하는 거 아니에요!"

"……"

유치원생인 언니는 선생님인 동생의 말에 대꾸할 말을 잃어버렸다. 할미는 손녀들의 노는 양이 하도 재미있어서 우리 집을 방문한 사람마다 붙들고 이 이야기를 늘어놓는다.

2014. 11. 14

이런 손녀를 왜 키워 주세요?

언제부턴가 우리 식구들은 금요일을 기다리는 게 버릇이 되었다. 금요일 밤부터는 우리 집에서 여섯 식구가 같이 잠을 잘 수 있기 때문이다. 작은 아이가 할아비 집에서만 자고 싶어 하는 데 반해 부모들은 아파트로 데려가려 하니까 밤마다 큰 실랑이가 벌어진다. 나중에 눈물을 쏙 빼고 억지로 아파트로 끌려가는 녀석을 생각하면 마음이 아파 할아비도 견디기가 힘들었다.

할아비 집에서 자는 데에 맛을 들여 버린 아이는 기를 쓰고 버틴다. 온갖 핑계를 대며 아예 할아비 집에 눌러앉을 생각만 한다. 이제는 여차하면 평일에도 할아비 집에서 생활하는 게 당연한 일이 되어 부모들도 아파트행을 포기하는 날이 더 많아졌다. 그 바람에 멀쩡한 아파트는 비워 놓고 우리 집에서 숙식을 해결한다. 그런데 아이랑 같이 있을 때 가장 견디기 힘든 건 작은아이의 고약한 잠버릇 탓에 밤

잠을 설치고 나면 다음 날이 피곤하다는 점이다.

그렇지만 아이들의 이런 마음이야 백번 이해가 간다. 제 부모들과 같이 있으면 걸핏하면 야단치고 말리고 들어주지 않는 데 반해 언제나 따듯하게 감싸 주고 어루만져 주는 조부모라는 든든한 울타리가 있으니 얼마나 좋을까 말이다. 그래서인지 할아비 집에만 오면 아이들의 얼굴이 활짝 펴진다. 잠들 때까지 그저 좋아서 싱글벙글 웃음이 떠나지 않는다.

지난밤 잘 자고 난 뒤라 그런지 아침부터 아이들의 표정이 환하다. 더구나 오늘은 유치원에 안 가도 되는 일요일이다. 눈을 뜨자마다 거실로 달려가더니 두 녀석이 겨울왕국에 나오는 공주 복장으로 갈아입고 할미에게 달려와 자랑을 늘어놓는다.

"할머니, 우리 예쁘지요?"

"아니, 왜 그렇게 촌스럽냐?"

장난으로 하는 할미 말에 큰놈이 발끈하고 나선다.

"할머니, 그럼 왜 이런 손녀를 키워 주세요?"

"……!"

손녀의 기습적인 한 방에 할미는 말문이 막혀 쩔쩔맨다. 오늘도 할미는 손녀와의 입씨름에서 보기 좋게 당하고 말았다.

2014. 11. 16

이렇게 심으면 커다란 돌이 돼요

요즘 세 살짜리 유수에게 빼놓지 않고 매일 반복되는 일과가 있다. 하나는 하빠 집에서 잠을 잔다는 사실이고 또 한 가지는 매일 아침 어린이집에 갈 시간이면 안 가려고 심하게 떼를 쓰는 것이다.

밤이면 단 한 번도 엄마를 찾은 적이 없이 할미 할아비랑 같은 침대에서 잔다. 어미가 나타나면 혹시 데려갈까 봐 할아비 품으로 달려들어 숨기 일쑤다. 잘 자고 난 다음날 아침에도 어린이집에 갈 시간이 되면 심하게 짜증을 부린다. 세수도 하지 않으려 하고 도대체 옷을 갈아입으려고 하지 않는다. 그래서 할아비가 붙잡고 있는 사이에 할미가 억지로 옷을 입힌다. 또 차에 태우기까지 악을 쓰며 버틴다.

"나 유치원에 안 갈 거야. 하빠랑 같이 놀 거야!"

"선생님이랑 친구들이 너 보고 싶어 하니까 유치원 가야지."

이렇게 실랑이 끝에 우는 녀석을 겨우 유치원 차에 태워 보내고 나면 아침부터 진땀이 흐른다. 당연한 일과처럼 치르는 아이와의 씨름에 뒷맛이 씁쓸하다. 그 잔상이 오래 남아서 할미도 나도 하루 종일 찜찜하게 보낸다.

저녁 무렵이 되면 어김없이 아이 어미의 전화가 걸려온다.

"아버님, 유수가 오늘도 하빠 보고 싶다고 졸라대서요…."

어미의 전화기 너머로 아이의 들뜬 목소리가 또랑또랑하게 들린다.

"하빠 집 책상 위에는 사탕이 있는데… 나 그거 먹어야 하는데…"

아들네는 작은 딸을 핑계로 오늘도 우리 집에서 숙식 문제를 해결하기로 했다.

이윽고 한껏 기분이 좋아진 아이의 떠들썩한 등장이다. 곧 아이에게 시달릴 게 빤하지만 반가운 걸 숨길 수는 없다. 실은 하빠도 하루 종일 아이를 기다리고 있었으니까. 오늘 어린이집에서 잘 지냈는지 궁금해서 아이의 가방을 열어 본다. 얼른 담임선생의 편지부터 펼쳐 본다.

"모처럼 놀이터에 나가 열심히 달리고 모래 놀이도 해 보았어요. 모래 놀이를 하던 중 우리 유수가 작은 돌을 땅에 묻으면서 하던 말이랍니다.

" '이렇게 심으면 커다란 돌이 돼요.'

하면서 열심히 흙을 다독이더군요. 역시 유수예요…."

여태껏 읽어 주었던 동화책에도 이런 대목은 없었다. 씨를 심으면 싹이 나고 자라서 열매도 달린다는 걸 이렇게 응용한 것이 아닐까? 틀림없이 아이의 상상력의 산물일 것이다. 유수는 이제 어린이집뿐만 아니라 동네에서도 말 잘하고 똑똑한 아이로 소문난 명물로 통한다.

2014. 11. 20

큰놈이 더 짠해

저녁 무렵이면 온 식구들의 신경이 유수에게로 쏠린다. 오늘도 녀석은 틀림없이 하빠 집으로 가겠다고 떼를 쓸 텐데 이걸 어떻게 감당할 것인지 고민스럽다. 어린이집에서 데려오는 제 어미의 차 안에서 한바탕 소동이 벌어졌다고 한다. 운전하는 제 어미에게 매달리며 하빠 집으로 가자고 난리를 치는 바람에 교통사고라도 날까 봐 걱정스럽단다. 아이의 성화에 시달리다 결국 할아비 집을 찾아올 수밖에 없다. 할아비가 좋은 건지 할아비 집이 좋아서 그런 건지 원! 어쨌거나 아이의 마음을 상하게 할 수는 없는 노릇이다.

일단 집에 안착한 아이는 늘 하던 대로 옷부터 벗어던지고 본격적으로 집안을 휘젓고 쏘다닌다. 언니의 스케치북을 펼쳐 끼적거려 보기도 하고, 소리 나는 책을 눌러 보다가, 블록 통에 든 걸 몽땅 쏟아 놓기도 하고, 온갖 장난감을 한 번씩 만져 보는 통에 집 안은 이내 난

장판이 되고 만다.

할아비 방을 둘러본 뒤 책장에 놓인 색종이 따위를 꺼내 달라고 명령하고, 우유를 먹고 싶으니 빨리 대령하라고 호통을 치다가, 화장실이 급하다며 뛰어다니기도 하는데 아이의 동선을 쫓다 보면 어지럼증이 난다.

아들네는 일주일에 하루 이틀 정도만 빼고는 우리 집에서 잔다. 잘 때도 큰놈이 제 부모와 한방에 자고 작은놈은 할미 할아비 사이에서 잔다. 이제 이렇게 자는 걸 당연하게 생각한다. 오늘도 아이는 할머니에게 빨리 재워 달라고 독촉을 한다.

"할머니, 빨리 들어와 자자. 자장자장 불러 줘야지!"

거실에서 드라마를 더 보고 싶은 할미는 아이의 성화에 못 이겨 텔레비전 시청을 포기한 채 안방으로 끌려온다. 할미가 투덜거리자 아이는 할미를 껴안으며 아양을 떤다.

"할머니, 화났어?"

세 살 손녀의 재롱에 할미는 그저 허허 웃을 수밖에. 아이는 이제 노골적으로 이렇게 말한다.

"언니는 아빠 집에서 살고 나는 하빠 집에서 살 거야!"

동생이 하도 설치는 바람에 풀 죽은 언니는 슬그머니 밀려나고 말았다. 할미는 큰놈이 더 짠하다고 눈시울을 붉힌다.

2014. 11. 26

2014년

12월

그래도 애처로운 어미 아비

하빠 방에서 자겠습니다

그럼 아빠가 앉아야지!

재롱잔치

고모는 우리 집에서 안 살아요?

야, 너 몇 살이야?

시골의사 서울의사

그래도 3권까지는 써야지요

그래도 애처로운 어미 아비

단조로운 일상에서는 가벼운 나들이만 해도 생활 리듬이 어긋나기 쉽다. 새벽 6시에 출발해서 왕복 여섯 시간이나 걸리는 고향 길 여행이었다. 더구나 하루 종일 겨울비가 내렸고 쌀쌀한 산자락에서 진행된 행사였다. 지난 주말 시제(時祭)에 다녀온 후유증으로 내자도 나도 심한 몸살을 앓고 있다. 내자는 눈의 실핏줄이 터져 안과에 다니고 있고 나는 지병이 되어버린 어깨 통증이 심해져 한의원을 들락거리고 있다. 그래서 어제는 모처럼 아이들을 아파트로 보냈더니 작은 녀석이 하빠 집에 가야 한다며 난리법석을 피운다고 한다.

아이들은 단 하루라도 하빠 집을 찾지 않으면 견디지 못할 만큼 안달이다. 그래서 작은아이가 아침부터 하빠를 찾으며 우는 날이면 온 식구들의 가슴에 큰 돌덩어리가 얹힌다. 저녁 무렵이 되자 며느리가 염치 불구하고 아이들을 데리고 우리 집으로 찾아왔다.

제 부모들을 찾지 않는 놈들에게 부모란, 아이들에게 별로 해 줄 게 없는 존재다. 부모들이 아이들에게 그지없이 잘 대해 주는데도 아이들은 부모를 본체만체하고 조부모에게만 매달린다. 그래서 때로는 농담 삼아 이렇게 말하기도 한다.

"제 부모들을 저렇게 편하게 놓아 주니 녀석들이야말로 큰 효자가 아니냐?"

부모에게는 효자이겠지만 조부모에게는 족쇄를 채우는 놈들인지도 모른다.

아이들은 밥을 먹을 때도 할미 할아비에게만 먹여 달라고 하고, 화장실에 갈 때도 할미 할아비더러 뒤를 봐 달라고 찾고, 심지어 잠자리에까지도 꼭 붙어 있으려고 한다. 식사나 화장실 뒤치다꺼리는 그런 대로 견딜 만하지만 같이 잠을 자야 하는 건 정말 고역이 아닐 수 없다. 잠들기까지 얼마나 괴롭히는지 모른다. 전등불을 꺼 놓아도 밤늦도록 떠들고, 할미 할아비 몸에 올라타다가, 먹을 것을 달라고 떼를 쓰고, 노래를 부르거나 이야기를 해 달라고 졸라댄다. 이렇게 잠 덧을 해대다 겨우 잠이 들 만하면 또 잠꼬대는 왜 그리도 자주 심하게 하는지 하룻밤에도 몇 차례씩 깨어나 잠을 설치게 한다. 아이는 더러 꿈에 제 스스로 깨어나 훌쩍훌쩍 울기도 한다. 처음에는 가벼운 어리광이 동반된 울음이었다가 저도 모르게 서러운 감정이 보태져서 큰 울음으로 변질되기도 한다.

이럴 때마다 상가(喪家)에서 대신 울어 주었다던 곡비(哭婢)가 떠올라 혼자 웃음을 머금기도 한다.

이런 날은 아이 달래느라 꼬박 날을 새우기 일쑤다. 오늘 밤에도 아이의 잠꼬대에 놀라 반사적으로 일어났다. 사그라진 잠에 다시 잠 불을 지피느라 무진 애를 써 본다. 깜깜한 어둠 속에서 억지로 감은 눈에 온갖 상념들이 꼬리를 문다. 언제 한 번 잠을 푹 자 볼 수 있을까?

아이의 부모들은 이런 정경도 모른 체 깊은 잠에 빠져 있겠지? 침 편하게 사는 부모라는 생각이 들다가도 그들인들 살벌한 사회생활에 얼마나 힘겨워할까 하는 생각에 미치자 애처로운 마음이 엄습해 온다. 아이 양육에 있어 갖춰야 할 부모의 자생력을 건드리지 않는 범위 내에서 이들의 모자람을 채워 주는 것이 할아비로서의 도리임을 곱씹어 본다.

2014. 12. 3

하빠 방에서 자겠습니다

저녁상을 물리고 나면 우리 집 거실에서는 한바탕 아이들의 쇼가 벌어진다. 잠자리에 들 때까지 계속되는 아이들 놀음에 어른들은 아예 손을 들고 말았다. 먼저 몸 풀기로 언니의 훌라후프 돌리기가 시작된다. 며칠 전에는 너무 무리한다 싶어 할아비가 나서서 말렸는데도 270개나 했다. 얼마든지 더 할 수도 있는데 왜 말리느냐는 아이의 원망이 돌아왔다. 유치원 친구들은 하나도 못하는 애들이 대부분이라는데 우리 손녀는 아마도 훌라후프 돌리기만큼은 영재 소리를 들을 만하다.

이번에는 아이들이 바삐 움직이더니 안방의 이부자리까지 거실로 옮겨 무대장치를 만들고 온갖 장난감들은 소도구로 징발된다. 이윽고 공주 복장의 의상까지 갖춰 입자 본격적인 공연이 열린다. 큰 녀석의 학예 발표회를 앞두고 연습 중인 무용 '까탈레나'를 선보인다. 작은놈은 언니의 동작을 따라하는데 늘 어설프기만 하다.

무용으로 숨이 가빠지면 이번에는 2부 공연으로 동요 부르기가 이어진다. 큰아이는 이제 유아용 동요는 시시해서 잘 부르려고 하지 않는다. 요새 자주 입에 오르는 노래는 크리스마스 캐럴이다. 언니는 영어 가사도 능숙하게 따라 부르지만 발음이 서툰 동생은 전혀 엉뚱한 말이 튀어나온다. 유아 수준에 맞는 노래를 건너뛰다 보니 작은 녀석에게는 아무래도 무리인 듯하다. 그래도 포기하지 않고 열심히 따라하는 자세가 참 신통하다.

춤과 노래로 지칠 무렵이면 아이들은 자연스레 자신들이 조금 편한 걸 찾는다. 이번에는 책을 펼치고 어른들로 하여금 읽게 만든다. 자신들은 점잖게 듣기만 하려고 한다. 이렇게 몇 권을 읽어 주다 어른들도 지루해질 때 자리를 안방으로 옮긴다.

그런 다음 침대에 누우면 이번에는 자장가를 부르라고 명령한다. 자장가도 어른 마음대로 부를 수는 없다. 작은아이가 지정한 대로 '엄마가 섬 그늘에…'도 부르다가, '잘 자라 우리 아가…'도 부르다가 아이들의 주문이 멈출 때까지 계속 불러 줘야 한다.

밤 10시가 넘자 큰놈은 제 어미를 따라 2층으로 자러 올라갔는데 작은놈이 할아비 침대에 찰싹 달라붙어 요지부동이다. 이런 아이가 귀엽고 재미있어 할아비가 장난을 걸어 본다.

"유수야, 하빠 따라해 봐라?"

"예, 알겠어요."

"엄마 방에 가서 자겠습니다."

"엄마 방에 가서 안 자겠습니다."

"하빠 방에서 안 자겠습니다."

"하빠 방에서 자겠습니다."

아이는 금방 알아차리고 특유의 순발력을 발휘해버린다. 아이가 실수하도록 할아비가 빠른 말로 유도해 보지만 아이는 조금도 흐트러지지 않고 대꾸를 잘도 한다. 세 살 정도면 쉽게 헷갈릴 만도 한데 집중력이 참 대단하다.

곁에서 듣던 내자가 파안대소한다.

"어쩌다 저런 놈이 나왔는지 모르겠다니까…"

2014. 12. 5

그럼 아빠가 앉아야지!

12월이 시작되는 날부터 내리기 시작한 눈이 일주일이 넘도록 거의 매일 그치지 않는다. 녹을 사이도 없이 쌓여 눈으로 덮인 산골은 그림에서나 보던 진경산수 속 설경이나 다름없다.

그런데 지금의 나는 눈이 내리면 괜히 마음 설레던 그런 낭만을 이야기할 수만은 없다. 눈에 보이는 즐거움보다는 눈길을 헤치며 힘겹게 오갈 자식들 걱정이 앞을 가로막는다.

오늘도 여섯 식구가 다 모여 저녁 식사를 한다. 물론 잠도 한집에서 잔다. 이게 다 분가의 벽을 허물어버린 작은 손녀 덕분에 생긴 현상이다. 10시쯤 되자 아이들의 떠들썩한 재롱도 막을 내리고 아들 내외는 2층으로 자러 올라간다. 큰 녀석은 군말 없이 제 어미를 따라가지만 작은놈은 할아비 곁에 달라붙어 떨어질 생각을 하지 않는다.

"나는 할머니랑 하빠가 더 좋아."

하며 할아비 이불 속으로 파고든다. 늙은 부모가 잘 때만이라도 편하게 지내도록 하고 싶은 아들은 아이를 데려가려고 애를 쓴다.

아비는 아이가 좋아하는 음료수로 유혹해서 2층으로 데려가는 데까지는 성공했다. 그런데 모처럼 편한 잠을 기대하던 할미의 기대는 얼마 지나지도 않아 물거품이 되고 말았다. 5분쯤 지났을까? 아이가 다시 안방으로 뛰어 들어왔기 때문이다. 이윽고 아비도 아이를 뒤따라오더니 그 짧은 동안에 벌어진 일을 설명한다.

음료수를 다 마신 아이는,

"다 먹었으니까 이젠 가야겠다."

하며 아비 방을 벗어나려고 하더란다. 아마도 아이는 음료수를 마시면서도 내내 아비에게서 도망칠 궁리만 했을 것이다. 어르고 달래도 말을 안 듣자 서운해진 아비가,

"그럼 아빠한테 뽀뽀해 줘야지?"

하자 아이는 웃으면서 아비에게 달려들더란다. 이때 장난을 치고 싶은 아비가 몸을 일으켜 세워버렸다고 한다. 아무리 까치발을 해도 키가 닿지 않자 아이가 했다는 말이다.

"그럼 아빠가 앉아야지!"

세 살 아가의 재치 넘치는 순발력이 또 빛을 발하는 순간이다. 오늘 밤에도 식구들은 행복을 한 아름 안고 잠자리에 들겠구나!

2014. 12. 8

재롱 잔치

휘수의 유치원 재롱 잔치가 있는 걸 보니 어느덧 또 한 해가 저무는가 보다. 해마다 한 해를 마무리할 즈음이면 유치원으로서는 가장 큰 행사인 학예 발표회가 열리고, 이때는 학부모들도 열 일 제쳐 놓고 달려간다. 나도 벌써 세 번째나 이런 잔치에 참석하는 셈이다.

세상에서 가장 소중한 큰손녀의 공연에 할아비가 빠질 수는 없다. 특히 무대 체질인 우리 휘수가 그 진가를 재확인하는 자리라서 더욱 그렇다. 온 식구들의 관심과 기대 속에 아이는 모든 걸 차근차근 준비해 왔으니 그 결과는 장담해도 좋을 일이다. 발표회를 앞두고 아이는 단 하루도 연습에 소홀한 적이 없었다. 집에 돌아오면 식구들 앞에서 그날 배운 걸 반드시 복습했고 또 평가를 받았다.

매서운 한파가 기승을 부리지만 식구 중 누구 하나라도 불평 없이 공연장에 도착했다. 이미 몇 차례 치른 학습 효과 탓인지 주인공도 식구들도 차분하고 능숙하게 맞이한다. 다섯 식구들의 응원 속에 드디어 휘수가 무대에 등장했다. 분장이며 동작과 태도 모든 것이 다른 아이들에 비해 확연히 뛰어나다. 평소에는 한없이 여리고 수줍음 많이 타는 아이지만 일단 무대에만 오르면 여유가 넘치고 또 끼를 발산하는 게 참으로 신통하다. 우리 집안의 유전자 어느 구석에 이런 끼가 숨어 있었던지 그저 놀랍기만 하다. 어두운 객석에서 할미도 어미도 염치 불구하고 목청껏 소리를 내질러 아이의 이름을 부른다.

"휘수야, 사랑해!"

한편 작은 아이는 시끄러운 확성기 소음과 사람들의 열기에 숨이 막히기도 하겠다. 또 사람들을 따라 건성으로 손뼉을 치지만 앞에 앉은 사람의 머리통 때문에 무대가 잘 안 보이는 것이 답답한 모양이다. 어미와 할미 무릎을 전전하다 할아비 손을 잡아끌더니 답답하다며 밖으로 나가자고 조른다.

아이를 데리고 휴게실로 나왔더니 아이는 다시 할아비 손을 잡고 아예 밖으로 나가자고 한다. 바깥은 이미 어둑어둑해진 저녁이고 날씨도 예사롭지 않다. 감기 기운이 남아 있는 놈이라서 나가지 말자고 달랬지만 막무가내로 나가야 한다고 떼를 쓴다.

아, 아이의 마음은 전혀 엉뚱한 곳에 가 있었다. 거기에는 풍선을 파는 노점상이 있었다. 아마도 아이는 공연장에 들어설 때 이미 그 '뽀로로' 풍선을 눈여겨 두었던 모양이다. 먹을 것을 사 주겠다고 해도 마다하고 굳이 풍선만 사 달라고 조른다. 이런 날을 노린 얄팍한 상혼을 알기에 할아비가 얼른 꾀를 내 보았다.

"아가, 하빠가 돈을 안 가지고 왔구나. 다음에 사 줄게."

그러자 아이도 얼른 순발력을 발휘한다.

"그럼, 할머니한테 사 달라고 해야지!"

아이는 다시 공연장 안으로 뛰어 들어가 기어이 할미를 끌어내고 말았다. 그러나 바가지 상혼을 모를 리가 없는 할미가 풍선을 사 줄 리가 없다.

풍선을 안 사 준 덕분에 집으로 돌아올 때까지 아이에게 한참 동안 시달려야 했다. 내년부터는 작은 녀석도 저런 무대에 올라야 하는데 과연 언니만큼 잘해낼지 식구들의 기대가 자못 크다. 예술적 감각이 뛰어나고 몸이 유연한 언니처럼이야 못하겠지만 그래도 귀여운 용모와 재치 넘치는 아이의 성정으로 보아 반드시 잘 해내리라 믿는다.

2014. 12. 13

고모는 왜 우리 집에서 안 살아요?

사전 연락도 없이 딸이 나타났다. 때마침 세종에서 전주로 오는 택시가 있다는 말을 듣자 이것저것 생각할 겨를도 없이 얼른 올라탔단다. 한참 부잡스러운 두 아들과 함께하는 나들이가 거추장스러웠을 텐데 그 불편함을 마다하지 않고 친정을 찾아 나선 것이다. 외국에서 시집온 며느리들이 모처럼 찾은 고향집 앞에서 발걸음을 재촉하는 장면이 지금 떠오르는 건 왜일까?

아마도 내 딸도 늘 친정 생각에 마음 졸이며 살아가고 있을 게다. 생면부지의 객지에서 두 아들에게 부대끼며 친정엄마 생각이 간절했겠지. 특히 갓 돌 지난 둘째 녀석은 한시도 어미와 떨어지지 않으려고 한다. 아이는 심한 감기에 걸려 후두염으로 목이 쉬어 울음소리도 제대로 내지 못한다. 밤새 잠을 못 자고 울어대는 통에 덩달아 온 식구들이 잠을 이루지 못하니 제 어미의 속이 오죽 하랴?

난데없이 나타나 우리 집의 생활 리듬을 온통 깨뜨려버린 딸네 세 모자 때문에 며칠 동안을 정신없이 지냈다. 손녀 둘만도 벅찬데 외손자 두 놈이 더해지니 집안은 난장판이 따로 없었다. 이런 사정도 아랑곳하지 않고 아이들이란 모처럼 즐거운 놀이판이 만들어져서 마냥 신이 났던 모양이다. 온 집안을 들쑤시고 다니며 쿵쿵 뛰고 목청껏 소리를 질러댄다.

며칠 전 휘수는 유치원의 남자친구들에게서 제가 가장 인기가 높아서 결혼하자는 아이들이 제일 많다고 자랑을 했다. 그래도 저는 다 마다하고 사촌인 '겸'이 오빠만 좋아한다고도 했다. 그런 오빠가 찾아왔으니 얼마나 좋은지 싱글벙글 웃음이 떠나지 않았다.

유수란 놈도 신이 나기는 마찬가지다. 아직 말도 못하고 걷지도 못하는 사촌동생 '담'이가 귀여워서 어쩔 줄을 모른다. 다 큰 아이처럼 의젓하게 밥을 떠먹여 주며 한껏 다정하게 어른다.

"담아, 누나가 밥 먹여 줄게. 자, 아 해야지? 아이고 우리 담이 밥도 잘 먹네!"

며칠 동안 친정에서 회포를 풀고 돌아설 때면 발걸음이 더 무겁게 마련이다. 딸도 외손자들도 아쉬운 이별에 얼굴에는 올 때보다 더 진한 그늘이 드리워진다. 외동딸이 안쓰러운 내자는 언제라도 준비하고 있었다는 듯이 김치며 장조림이며 밑반찬거리를 잔뜩 실어 주었다.

오후에 유치원에서 돌아온 휘수가 아쉬움이 그득한 얼굴로 묻는다.

"오빠 갔어요?"

"그래, 갔단다. 또 방학 때 만나야지?"

"방학이 몇 밤 남았나…."

이윽고 어린이집에서 돌아온 유수도 집안을 두리번거리며 고모를 찾는다.

"고모는 왜 우리 집에서 안 살아요?"

고모를 잘 따르는 아이는 아마도 고모가 우리 집에 살러 온 줄 알고 좋아했었던가 보다.

2014. 12. 18

야, 너 몇 살이야?

좁은 어린이집에서 집단생활을 하는 유아들에게 감기는 1년 내내 떠나지 않는 친구 같은 존재인가 보다. 이제 좀 커서 위생 관념이 몸이 배기 시작한 휘수는 감기에 걸리는 일이 현저히 줄어들었지만, 작은 녀석은 아직도 늘 감기를 달고 산다.

감기약을 자주 먹이다 보면 또 다른 부작용이 생길 것 같아 조금은 꺼려지기도 하지만, 또 오래 방치하다 더 큰 병이 될까 봐 습관적으로 병원을 찾게 된다. 오늘도 단골 아동 병원을 찾았다. 아이 환자들로 붐비는 병원은 오늘도 역시 만원이다.

아이들은 병원 문을 들어서면 가장 먼저 찾는 곳이 병원 한 구석에 설치된 놀이 시설이다. 요즘 아이들은 병원이 지극히 익숙한 공간이어서 그런지 별로 공포심 같은 건 느끼지 않는 것 같다. 유수도 이곳에서 미끄럼을 타는 게 아주 자연스러운 습관이다. 옆에 큰아이 하나가 지나가자 유수가 다가가서 말을 건다.

"야, 너 몇 살이야?"

그 소리를 들은 아이가 슬금슬금 자리를 피한다. 그러자 유수가 더 가까이 다가가며 재차 묻는다.

"야, 너 몇 살이야?"

이 장면을 지켜본 할미가 하도 딱해서 얼른 제지하고 나선다.

"유수야, 너보다 훨씬 크잖아? 언니라고 해야지. 그렇게 말하면 못써!"

이때 곁에 있던 휘수가 그 아이에게 가서 알아본 뒤에야 유수의 궁금증이 풀렸다.

"유수야, 일곱 살이라고 하는데…"

겨우 세 살 밖에 안 된 녀석이 제 언니보다도 더 먹은 일곱 살짜리에게 건방지게 반말을 한 꼴이 되었다. 저보다 한참이나 어린 녀석에게 봉변을 당한 그 아이는 어이가 없는지 자리를 피했던 게 분명하다.

아이의 이런 해프닝은 심심찮게 웃음을 선사하곤 한다. 한번은 이런 적도 있었다. 처음 본 어떤 아이가 과자를 먹고 있는데 저도 그게 먹고 싶으니까 다가가서 했던 말이다.

"맛있는 건 친구랑 같이 나눠 먹어야지!"

그 장면을 지켜본 어른들이 한바탕 폭소에 휩싸이기도 했다.

또 이런 일도 있었다. 병원 로비의 의자에는 텔레비전을 보는 아이들로 빈틈이 없다. 보통 아이들은 자리가 없으면 대개 포기하고 마는데 요 녀석은 기어이 좁은 틈을 비집고 들어가 한 자리를 차지하고야

만다. 도대체 누굴 닮아서 이렇게 비위가 좋은지 모르겠다. 그래서 더 귀엽고 사랑스러운 놈이다.

2014. 12. 20

시골 의사 서울 의사

휘수는 유난히 귀와 코가 약하게 태어난 아이다. 어차피 돌이킬 수 없는 일이지만, 이것만 생각하면 할아비의 마음은 안타깝고 참담해서 견디기가 힘들다. 아이가 평소에도 숨쉬기를 불편해하고 감기에도 자주 걸리는 게 아무래도 이대로 더 두어서는 안 될 것 같다. 아동병원에 갈 때마다 물어보지만 그리 대수롭지 않게 여기는 것 같아 늘 불만스러웠다.

그래서 이비인후과에 데려갔더니 한술 더 떠 의사가 참 무서운 말을 한다. 빨리 날짜를 잡아 수술을 해야 한단다. 걱정이 이만저만이 아니다. 이 어린 것에게 전신마취를 시켜 수술을 해야 하다니 할 수만 있다면 차라리 할아비가 대신 수술대에 올라가고 싶은 심정이다. 이제 겨우 여섯 살인데 벌써 이런 일을 겪게 하는 운명이 원통하기 짝이 없다.

얼마 전 어느 방송을 보다 마침 아데노이드(adenoid) 증상에 관한 프로그램이 눈에 확 띄어서 주의 깊게 시청을 했다. 단번에 우리 휘수의 증상과 똑같은 걸 알았다. 아데노이드란 인두(咽頭)의 보호기관인 인두편도(咽頭扁桃)가 증식하고 비대해서 여러 가지 장애를 일으키는 질환이라 했다. 코가 막혀 숨을 제대로 쉬지 못하고 입으로 호흡을 해야 하니 말이 분명하지 못하며 호흡이 정상이 아니라서 잠을 충분히 잘 수 없고 코를 골기도 한단다. 심해지면 중이염(中耳炎)을 일으키기 쉽고 감기에도 잘 걸리며 머리가 무겁고 주의력이 없어지는 증세를 수반하는데 치료법은 수술밖에는 없다는 것이다. 이걸 제때 치료해 주지 않으면 안면 변형을 일으켜 보기 싫은 얼굴이 된다며 끔찍하게 변형된 얼굴 사진을 보여 주기도 했다.

이 지경이 되니 서둘러 아이 부모들과 상의해서 수술 준비를 진행할 수밖에 없다. 그렇지만 어린 것에게 수술이란 너무 큰 충격이 되겠기에 숨을 고르는 시간도 필요하겠다 싶었다. 아무래도 미심쩍은 구석이 남아 수술 전에 서울의 큰 병원에 가서 한 번 더 정밀 진단을 받아 보기로 했다.

벼르고 벼르다 오늘 서울로 진찰을 받으러 가는 날이다. 아이는 유치원을 하루 쉬고 아이 어미도 연가를 얻어 모녀가 상경 길에 올랐다. 아이의 병원 진료를 앞두고 며칠 전부터 온 식구들의 마음이 타들어 갔다.

어젯밤에는 할미도 나도 거의 뜬눈으로 밤을 지새웠다. 식구들의 걱정을 익히 아는 아이 어미는 고속버스에 오르면서부터 수시로 전화를 걸어왔다.

"지금 막 버스에 올랐어요… 지금 휴게소에서 쉬고 있어요… 지금 서울에 도착했어요… 지금 병원에 도착했어요… 지금 막 진료가 시작되었어요…"

진료 결과가 궁금해서 초조하게 기다리는데 2시간쯤 뒤에 다시 전화가 이어졌다.

"아버님, 걱정하지 마세요. 수술할 필요가 없답니다. 아데노이드 증상이 점점 줄어들고 있으니 너무 걱정하지 말고 가끔 치료나 잘 받으라고 하네요."

"그래, 잘 됐구나. 네가 애썼다. 아이가 멀미라도 안 했는지 모르겠구나. 휘수 좀 바꿔 줄래?"

"아이도 수술한다니까 나름대로 걱정을 했었는지 지금은 긴장이 풀려 자고 있어요."

"알았다. 조심해서 내려오너라."

예약한 진료 시간에 맞추느라 새벽부터 설쳤고 밤 10시가 다 돼서야 모녀가 집에 도착했다. 온 식구들이 꼬박 하루 동안 가슴 졸이며 지낸 뒤라 그런지 지금은 몹시 허탈한 기분이다.

이만한 것이 천만다행이기는 하지만 한편 생각하니 전주의 병원 의사가 참으로 야속하고 괘씸하기 그지없다. 여섯 살짜리 아이를 놓고 그렇게 무책임하게 장난을 친 꼴이 아닌가! 이래서 서울과 지방의 의료 격차 때문에 다들 서울로, 서울로만 몰려가는지 모르겠다. 모름

지기 의사라면 의료 기술에 앞서 인술부터 체득해야 하리라는 생각이 절실하다. 세상에서도 가장 소중한 것이 사람의 목숨인데 환자를 단순히 실험용이나 돈벌이 대상으로만 여기는 의료인들이 횡행하다니 참 끔찍한 일이다.

2014. 12. 22

그래도 3권까지는 써야지요!

아이들은 어젯밤에도 할미 할아비 곁에서 잠을 잤다. 아침 일곱 시도 안 된 시각에 큰놈이 깨어났다. 눈을 뜬 제 동생에게 건네는 말이다.

"유수야, 오늘은 유치원에 안 가는 날이니까 더 자자."

할미도 나도 그 말에 목이 메고 말았다. 제 어미 집에서 지내는 날이면 출근하는 어미가 이 시각에 깨울 것이다. 잠이 모자라는 어린것들이 감당하기에는 무척 힘든 일일 것이다. 날마다 일곱 시쯤 일어나 유치원에 갈 준비를 서둘렀을 걸 생각하니 가슴이 답답해진다. 내자는 밥을 잘 안 먹는 손녀들이 걱정돼서 뭐든 영양가 있는 음식을 먹이고 싶어 하지만 아이들은 입이 짧아 통 먹지 않는다. 궁리 끝에 아이들을 데리고 외식이라도 시켜 주어야겠다고 나선다.

큰아이는 당면이 먹고 싶다고 한다. 그건 갈비탕 속에 든 당면을 말하는 것이다. 고깃덩이와 국물이라도 먹일 수 있어서 다행이다.

그나마도 작은 녀석은 입에 대려 하지도 않으니 걱정이다. 우유 말고는 아무 것도 먹으려 하지 않으니 그렇게 통통하던 아이가 점점 말라가는 것 같아 걱정이 깊어간다.

조금이라도 아이들 배를 채워 줬으니 이젠 아이들을 데리고 마트에 쇼핑을 하러 간다. 할미의 눈은 쇼윈도의 아이들 옷이나 신발들을 보면 그냥 지나치지 못한다. 새 신발을 사 줘야겠나며 꼼꼼하게 고른다. 마음에 드는 게 없다며 또 다른 마트로 옮기는 수고도 마다하지 않는다.

아이들과 꼬박 하루를 씨름했더니 피로가 몰려온다. 아이들은 지금 한창 말 안 듣는 여섯 살과 세 살이다. 걸핏하면 어긋나고 토라져서 할미 할아비의 속을 태우기 일쑤다. 덩달아 할미의 잔소리도 자꾸 늘어간다.

할미가 큰아이에게 아픈 소리를 한다.

"그렇게 말 안 들으려면 하빠 집에 오지도 말아라! 말썽 피우는 너희들 때문에 이젠 할아버지가 육아 일기도 안 쓰실 거야!"

아이들에게는 할아비 집에 오지 말라는 말이 가장 듣기 싫고 서운하게 들릴 것이다. 그러자 큰아이의 입에서 볼멘소리가 흘러나온다.

"그래도 3권까지는 써야지요!"

여섯 살 어린애가 어떻게 3권을 쓰고 있다는 걸 알았을까? 곁에서 할미와 손녀의 대화를 들으니 울컥하는 기분에 휩싸이고 만다. 저 어린것의 마음이 얼마나 아플까? 어쩌다 저것의 입에서 이런 말까지 나오게 되었는가?

이 대목에서 왜 하필 절필(絶筆)하는 작가들을 떠올리는지 모르겠다. 작가들은 흔히 글 감옥에서 벗어나고 싶을 때 절필을 선언한다고 하는데, 나를 즐거운 글 감옥에 가둔 사랑하는 손자들 때문에 차마 그리는 못하겠다.

그래, 절필은 하지 않되 아이 말대로 3권까지만 세상에 내놓을 까? 그런 다음에는 이토록 부끄러운 이야기를 세상에 더는 내놓지 말까?

2015. 12. 30